集英社オレンジ文庫

銀の海　金の大地　1

氷室冴子

銀の海 金の大地

【真《ま》秀《ほ》の章】

目次

真秀 ◉まほ

淡海《おうみ》の国・息長《おきなが》の邑《むら》に母と兄の３人で暮らす14歳の少女。息長の一族ではなく、大豪族の首長《おびと》が奴婢《ぬひ》に生ませた子だという。そのため自分たちはヨソ者だという思いを強く抱いている。

真澄 ◉ますみ

真秀の兄。目も耳も口も使わぬ神々の愛児《まな》だが、不思議な霊力《ちから》を持ち真秀とは心の声で話すことができる。息長の邑の女たちに狙われるほど美しい容姿で、兄を汚されはしないかと真秀は案じている。

御影 ◉みかげ

真秀の母。真澄と同じ神々の愛児であるが、数年前から業病に侵されている。母のためになんとか薬を手に入れようと、真秀は真澄とともに慣れぬ海旅に出たのだが……。

真若王 ◎まわかおう

息長豪族の若き首長。その座についたばかりで、いささか奢《おご》りたかぶったようなところがある。真秀とは異母兄妹になり、時折「妹姫」と呼んでからかうが、本気で真秀を認めているわけではない。

美知主 ◎みちのうし

真若王の兄で丹波《たんば》の河上を治める。御影のために熊の血凝《ちごり》をくれるなど、気まぐれのようにみせながら真秀を大事に扱ってくれるが、そのくせ頼りきらせない冷たいところがあり、真秀を戸惑わせる。

日子坐 ◎ひこいます

ヤマト中央の大豪族・和邇《わに》族の首長で美知主・真若王の父。そして真秀と真澄の父でもある。だが真秀にとっては、自分たち母子を捨てた男という意識しかなく、その姿を見たこともない。

イラスト／飯田晴子

銀の海 金の大地
真秀《まほ》の章

第一章 巫《ふ》王《おう》の血脈

1　水の民・息長《おきなが》

夢の中で、真秀《まほ》は船にのっていた。これは夢だと、夢のなかでわかっている。

（だから、怖くないよ。これは夢だもん）

何度も、自分にいい聞かせてみる。

（しっかりするのよ、真秀！　息長《おきなが》の連中に笑われてしまう）

けれど、体がいっときも落ちつかずに、ぐらぐらと揺れつづける恐ろしさは例えようもない。夢だとわかっていても、身の毛がよだつ。

帆《ほ》を大きくはった海船《うみふね》は、野をかける鹿のように、海をすべっていた。

それは、あまりにも大きな海船だった。淡海《おうみ》の湖《ウミ》にうかぶ丸木船とは、比べものにもならない。

こんな大きな船が沈みもせずに、海に浮かぶというのが、真秀には信じられなかった。

船には、漕《こ》ぎ手も入れれば、二十人はのっているのだ。

いつだったか息長の男のひとりが、海はシオの流れがあるから、湖よりも走りやすいといっていた。シオがあると、こんなに違うものなんだろうか。

(海《ウミ》は、湖とはちがう。ぜんぜん違うわ!)

真秀は楫《かじ》を握りしめながら、なんども息をのんだ。

淡海の湖では、細波《さざなみ》が小舟の舷《ふなばた》をピシャピシャと叩き、舟はどこまでも穏やかに、ゆらゆらと進んだものだった。

濃い碧色《あおいろ》をした湖は、お陽さまの光をすいこみ、碧玉《へきぎょく》のように美しい。

淡海の湖《ウミ》を、こわいと思ったことはない。

真秀は湖の国――淡海のクニで育ったのだ。

淡海のクニは好きではないけれど、それでもイヤなことや悔しいことがあったとき、泣き顔をみせないために、真秀は湖の岸べに走った。

湖の水で顔をあらい、ふと顔をあげると、はるかに続く水面《みなも》はどこまでも静かで、心が洗われるようだった。

足もとを濡らす細波は優しく、少女の笑い声のように、かろやかだった。

けれど、今、夢のなかで船が走っているのは、塩からい味のする銀色の海なのだ。どこまでも続くのは、ほんものの大海原《おおうなばら》だ。

牙をむいて、たち向かってくる大波。

その波が、船の腹ではじけて、白い波しぶきをあげる。そのたびに塩からい霧水《きりみず》がとびちり、真秀を塩からく湿らせてゆく。

海は狂った獣だと、真秀は思った。

(群れの長《おさ》を殺されて、夜どおし、復讐《ふくしゅう》のおたけびをあげる狼たちだわ、まるで)

風が耳もとでうなり、解《と》きさげにした長い髪が、戦いを彩《いろど》る旗幟《はた》のように、真秀の後ろにたなびいてゆく。

ギャーッギャーッと、気味のわるい鳴き声の海鳥が、船を冥界《めいかい》に誘いこむように、上空を舞っている。

(不吉だわ、黄泉《よみ》への誘い鳥みたいだ……)

真秀は震える手で、船底で、身をおりまげて眠っている兄の真澄《ますみ》を、ぎゅっと抱きしめた。

真澄はすうすうと寝息をたてて、安らかに眠っていた。

真澄には、そこがどこだろうとかまわないのだろうか。海上でも、地上でも。

(真澄が寝ているんなら、大丈夫だ。ヘンなことは起こらないわ)

いつものように静かで、穏やかな兄の寝顔に、真秀はすこしだけホッとする。

兄の真澄には、邪悪なものを感じる力がある。

その真澄が、眠っているのだ。大丈夫だ、と何度も自分にいい聞かせる。でも、やっぱりこわい。

そんな真秀を、船の舳先《へさき》にたった真若王《まわかおう》が、笑いながら見ていた。

真若王は、海の路読《みちよ》みのために、ずっと舳先に立ちつづけているのだ。真秀には、それも信じられなかった。

こんな揺れつづける船で、立っていられるなんて。

「ま、ま、真若王。ねえ、これは嵐じゃないの？　海の神は怒ってるんじゃないの？」

真秀はがたがた震えながら、きいてみた。

「ばかをいえ。昨日も今日も、海は凪《な》いでくれる。海神《わたつみ》の神々は、おれたち息長族には、いつも優しいのさ」

真若王はせせら笑うように、声をはりあげた。

「おまえも息長で育った娘だろう、真秀。息長は、ヤマトでも一、二の海人族《あまぞく》だぜ。なさけないな、こんな凪海《なぎうみ》が恐ろしいのか」

「あたしは息長の娘じゃないわ！　あんたたちは……」

真秀はキッと真若王を睨《にら》みつけた。

それからゆっくりと、楫《かじ》の漕ぎ手たちを睨みつけて、何度も唾《つば》をのみこんだ。

そうしないと、吐きそうなのだ。

「あんたたちは昔から、こうやって海にでて、海賊をやって、財宝をためこんできたんでしょ。どうりで、船を操るのが上手なわけよ。そうして、かき集めた財《たから》を、ヤマトの大王《オオキミ》に貢《みつ》いで、ぺこぺこしてるんだ。まるで牙をぬかれた豺《やまいぬ》みたいにさ！」

しかし、せっかくの憎まれ口も、最後までいうことができなかった。

真若王が笑いながら、漕ぎ手たちに合図したのだ。

そのとたん、漕ぎ手たちがいっせいに、わざと船をかたぶけた。

真秀は喉《のど》も裂けるばかりに、きゃあーっっと悲鳴をあげて、とっさに船の縁《へり》につかまった。

その指をさらうように、海水が容赦《ようしゃ》なく、ふりかかってくる。

真秀は熱湯を浴びたように、さっと手をひいた。

そのしぐさがおかしいといって、息長の男たちは大声で笑った。
二、三日の海旅は、息長の男たちにとっては、アクビのでるような小さな旅だ。
風向きもよく、海は凪ぎ、楫をほんのひとかきするだけで、船は海をすべってゆく。

けれど、真秀をからかえば、それなりの退屈しのぎになると思っているのだ。

「いつものように陸《おか》にいると思うなよ、真秀。生意気な口をきいたら、海に叩きこんでやる。そうなりゃ、生きて丹波《たんば》にはゆけないぜ。この若狭《わかさ》の海には、鮫《さめ》もいる。おれたちはこの海を越えて、南の大陸からきた海人族だ。ヤマトの大王《オオキミ》にへいこらしてるわけじゃない。大王が、おれたちの力が必要だ、力を貸してくれとお頼みになったのさ」

まだ二十代も半ばで、最近、首長《おびと》の座についたばかりの真若王は、奢《おご》りたかぶったように笑いながら、

「そら、もうひとこぎ、船を揺らしてさしあげろ。気の強い、おれの妹姫さまのために」

おもしろそうに命令した。

船はさらに大きく揺れ、真秀は思わず胸をおさえた。

吐き気が、どんどん強くなってくる。こんなヒドイ船酔いは、はじめてだ。

もう、どんなに気を強くもっても、憎まれ口ひとつ、でてこない。

(兄さん、兄さん、海に落とされてしまう。真若王がいじわるをして、あたしを海に落とすよ！)

吐き気をこらえながら心の中で、真秀は必死に叫んだ。

ふいに、重く苦しかった胸がすうっと軽くなった。そこに鈴をふるような、兄の真澄の声が響いてくる。

（こわくないよ、真秀。それは夢だ。わるい夢をみてるね、起きてごらん）

耳を笞《むち》うつ風や波の音にかわって、ただ真澄の声だけが、きよい玉響《たまゆら》のように響いてくる。あたたかな手が、真秀の額を撫《な》でている。

やわらかな蒲《がま》の穂のような手は、きっと真澄だ。真澄がいれば、こわくない。真澄は、邪悪なものとは無縁の者だ。神々の愛児《まな》だもの。

真秀はおそるおそる目をあけた。


目の前には、心配そうに覗《のぞ》きこんでいる真澄の顔があった。

彼の片頰《かたほお》に、灯《あかり》とりの窓から差しこむ午後《ひなか》の日ざしが当たり、その影がゆらゆらと揺れている。

灯とりの窓にたらした蓆《むしろ》が揺れて、真澄の頰に影絵をつくっているのだ。

（こわい夢をみたんだね、真秀）

（丹波にくるときの夢よ。ああ、こわかったわ）

真秀は身震いしながら心の中で答えて、大きく息をすった。

手で辺りをまさぐってみる。手にあたるのは、地面に敷いた藁《わら》だった。藁の下には、ちゃんと地べタがある。

「ああ。地面があるっていうのは、ありがたいもんだわ」

真秀《まほ》は声にだしていい、そろそろと上半身を起こして、ほうっとタメ息をついた。

しだいに、記憶がはっきりしてくる。あたしは今、丹波にいるんだ。

そう、この丹波の河上《かわかみ》の湊《みなと》――久美浜《くみはま》についたのは、昨夜の真夜中すぎだった。

夜だというのに、船の舳先《へさき》に鉄《くろがね》の火籠《ひかご》を吊るして、松明《たいまつ》をどんどん焚《た》きながら、真若王《まわかおう》たちは船を進ませた。

夜の海はぬらぬらと輝き、すでに中空にのぼった十四夜の月あかりが、海の波がしらを赤く照らしていた。

きらめく鏡のようなそんな海を、篝火《かがりび》と星の位置だけを頼りに、真若王たちは臆することなく、つき進んだ。

息長《おきなが》の男たちは、楫《かじ》をとるときの拍子あわせに、いつしか声高に歌をうたいだしていた。

あおの海　泡だつ白の　その白金《しろかね》の海
海べの岩の巻き貝も　そら逃げろ　息長がくるぞ
海甕《うみがめ》にあふれる水の　川甕《かわがめ》にあふれる水の　その水があれば
いざゆくぞ　息長は　どこなりと　水穂《みずほ》を踏んで

あれは海や川べの戦《いくさ》で、息長の水兵軍の男たちが歌う、戦歌《いくさうた》なんだろうか。

男たちは歌うほどに力が満ちて、体をゆらして楫をとり、笑いあった。

真秀は絶対に口には出さないつもりだけれど、内心では、息長族の底力に目をみひらく思いだった。

（息長は海人《あま》族《ぞく》の王だと、男たちが自慢するのもウソじゃない。たしかに、息長は水の民だわ。そこに水がある限り、息長はどんなところにも神出鬼没《しんしゅつきぼつ》なんだ！）

しみじみとそう思ったとき、夜闇《よるやみ》のむこうに、ぽうっと鬼火《おにび》のようなものが浮かび出てきた。なにか銅鑼《どら》を乱打するような音も、波の音にまじって聞こえた。

（海の鬼火だ！　とうとう出たわ。海のおばけが！）

と真秀が息をのんだのも束《つか》の間《ま》、男たちが嬉しげに、

「出迎えの火だ。岸がちかいぞー」

と叫びだした。真秀は正直なところ、くたくたとその場にうち伏すかと思った。ホッとしすぎて、腰が抜けてしまったのだ。

もう一秒だって、海の上にはいられなかった。限界だった。

男たちに腕をとられて陸《おか》に上がった真秀は、足がガクガクして、すぐには歩けないほど

だった。

どうやって海岸から、この河上の邑《むら》にやってきたのか。

今は、それさえ覚えていない。

ともあれ、この部屋で眠り、夢のなかで海を思いだしてうなされ、兄の真澄《ますみ》に起こされて、ようやく悪夢から逃れられたのだ。

「へえ……」

真秀はあらためて、部屋の中をじろじろ見まわした。

真秀たちがいるのは、掘立柱《ほったてばしら》のある草壁《くさかべ》の小屋だった。

奴婢《ぬひ》が雑居するような竪穴《たてあな》のすみかとは違って、よほど上等のものだ。

壁の草も新しく入れかえたのが、青々しい若草《わかくさ》の匂《にお》いでわかる。

どうして、こんないい小屋に入れてもらえたのかわからないけれど、新しい草壁の家はいいものだ。

真秀は心やわらいで、ふかく息を吸いこんだ。

すると、今度は若々しい草の匂いを打ちけすほどの強さで、濃い潮の匂いが、つぅんと鼻をかすめた。

「ここはウミはウミでも、海《うみ》べの国なのね、兄さん」

真秀は顔をしかめて、思わず、声に出していった。

真澄は気配を感じたのか、真秀の唇に指をあてた。兄の真澄は、真秀の心の声を読むことはできても、ほんとの声は、やっぱり聞こえないのだ。

真秀はもう一度、心の中でいった。

（海風の匂いがするっていったのよ、真澄）

（そうだね。潮の匂いがきつくて、頭が痛くなるね）

真澄は眉《まゆ》をよせて、わざとのように、クンクンと鼻を動かしてみせた。

白すぎる真澄の額や頰のあたりが、数日間の海旅のせいで、うっすら赤く潮焼けしている。すべらかな肌も、いつもよりカサついている。

息長の女たちがうっとりと眺める真澄の、美しい顔のそこかしこに、なれない海旅の疲れが滲《にじ》んでいて、どことなし、辛《つら》そうだった。

ふいに、その白い顔からすうっと笑顔がひいた。

（真秀。人がくる気配がする）

（人？　だれが？）

（海風の匂いがきつくて、よくわからない。いや、この匂いは……美知主《みちのうし》だ）

真澄がすこしだけ緊張をといたようにいった。

（美知主が……？）

と真秀が問いかえしたとき、ふいに、部屋の戸口に垂れていた荒薦《あらこも》が、ぱらりと上げられた。狭い出入り口に立ちふさがった男のせいで、部屋の中がすこし薄暗くなった。

「美知主……」

小屋に入ってきたのは、真若王の兄、この、丹波の河上をおさめる美知主王だった。

織ったばかりの真新しい白絹《しらぎぬ》の衣《きぬ》をきて、腰には太刀《たち》を佩《は》かしている。

戦うための太刀と違うのか、太刀のこじりは、銅《あかがね》で飾ってある。

白絹も太刀もまぶしいばかりで、真秀は少しだけ目を細めた。

2　美知主《みちのうし》

「ひさしぶりね、丹波《たんば》の美知主《みちのうし》」

真秀《まほ》はわざとのように、丹波、に力をこめた。

美知主は本来なら、淡海《おうみ》の息長《おきなが》の一族をひきいる、息長豪族《ごうぞく》の一番上の王子なのだ。

しかし、息長を弟の真若王《まわかおう》にまかせて、みずからは河上《かわかみ》の土着《どちゃく》豪族の娘をめとり、首長《おびと》におさまっている。どうしてなのか、真秀も知らない。

すでに四十に近いはずだが、見ただけではもっと若々しい。

噂《うわさ》では、若いころから、ヤマトの大王《オオキミ》の将《いくさのきみ》軍役をつとめた一人だという。十一の年から、戦場を駆けめぐった戦士だという。

ヤマトの大王――

三輪《みわ》の大王ともいわれるその男は、ほんの数十年まえ、筑紫《つくし》のほうから、この秋津島《あきつしま》めざして、東進してきた戦士軍団の王だった。

昔は、いろいろと戦いがあったという。

疫病《えやみ》がはやり、たくさんの国グニが乱れ、たくさんの豪族の王が滅ぼされ、民が死んだという。

筑紫のほうで国グニが乱れ、そこを逃れて、この豊かな秋津島に新しい領土を求めて、やってきた侵略者の群れはたくさん、いた。

大王はその一団の首領で、瀬戸内《せとうち》の海ぞいの国グニをうち破りながら、東へ、東へとやってきたというのだ。

彼らは、ヤマトの土着豪族にはまだ貴重品だった鉄の太刀や、鉄の鏃《やじり》や、鉄矛《ほこ》をふんだんに持っていたという。鍛冶《かぬち》の工人《たくみ》をたくさんひきいて、攻めのぼってきたという。

そんなことも、真秀にとっては、昔話のひとつでしかなかった。

どちらにしろ、ヤマトの大王はいまや二代目にうつり、大和《やまと》の三輪山のちかくに王宮をきずいている。

三輪山の大神《おおかみ》を祀《まつ》り、周辺の豪族たちをひきいて、大王として君臨している。

三輪の大王がそうやって、王の中の王――大王になれたのも、息長の助けがあったからだ。

「なぜなら息長の一族は、川岸に陣をしき、水辺の戦いを得意とする水兵軍をもっているからさ」

というのが、息長の男たちが酒に酔いながらいう、自慢話だった。

そうなのかもしれないし、違うかもしれない。

ヤマトだの大王だのなんだのといわれても、息長の邑で、日々の仕事におわれている真秀には、遠い物語のようなものだった。

（ヤマトの大王？　それがなんなのさ）

と思ってしまう。

水汲《みずく》みや草刈り、麻績《おう》みや機織《はたお》り。

なにより、膝まで水につかっての稲作業。

どれひとつとっても、指の皮が破れて、血が滲みでるような重労働で、それはヤマトの大王がいようが、いまいが変わらないのだ。

息長の連中のように、ヤマトの大王をおそれ敬《うやま》う気持ちなど、心をひっくり返しても、ドングリの実ほども出てこない。見たこともない大王が、あたしになにをしてくれるというんだ。

けれど、美知主はちがう。

真秀は美知主を見るたびに、なにか圧倒されるものを感じる。

若いころから、戦いにつぐ戦いを経てきたとは思えない、柔らかなものごし。

そのものごしを裏切る鋭いまなざしと、肩や腕の、たくましい肉づき。

幾夜も幾月も幾年も、戦場ですごしたために、すっかり浅黒く焼けた肌と、額に刻まれた矢傷。

それはたしかに、戦《いくさ》の男のもの。将軍《いくさのきみ》のものだった。

数えきれない弓を射て、数えきれない兵士《つわもの》を斬り殺して、洗っても落ちない血を浴び続けてきた男の腕と、肩と、貌《かお》だった。

もしかしたら、美知主の背や胸は、矢傷や太刀傷でいっぱいかもしれない。

ヤマトの大王にまつろわぬ王族の生き皮を剝《は》ぎ、手や足に穴を穿《うが》ち、目を抉《えぐ》りだして、大王に従わぬ者たちを震えあがらせた荒ぶる将軍。

それが美知主なのだと、真秀は思う。

そんな戦を見たわけではないのに、真秀にはなぜか、戦のなかで矛をふりあげ、火箭《ひや》を射かける美知主の姿を、ありありと目裏《まなうら》に思い描くことができる。

見たことのないヤマトの大王よりも、美知主のほうがよほど威圧感があって恐ろしく、けれど、美知主しか頼る者がいないというのが、真秀のひそかな哀しみだった。

「ようやく起きたのか。もう昼すぎだ。おまえが寝ていたせいで、真澄《ますみ》は飯も喰えなかったぞ」

「え？」

「何度か覗《のぞ》いたが、そのたびに、おまえは眠りこけてるじゃないか。真澄に飯を喰わせようとしても、まるで、親鳥にしがみつく雛《ひな》みたいなもんだ。動こうとしない。腹がすいただろう、真澄」

美知主は、まるで音をきく者に話しかけるように、自然に真澄に話しかけた。

真澄にそんなふうに、気負いなく声をかけるのも、美知主だけだった。

声の聞こえない真澄も気配を感じたのか、困ったように笑った。

美知主は眉《まゆ》をひそめた。

「初めての海旅で、疲れてるようだな。目が赤く濁《にご》っているぞ。潮風にやられたか。焼《や》き湯《ゆ》を用意させたから、湯を使わせてやれ。ついでにおまえも湯を使え、真秀」

「焼き湯？　お湯が使えるの？」

真秀は思わず、声をはずませた。

いわれて気がついたのだが、体じゅうに、潮のにおいが染みついている。

二日間の海旅で、海風に体も髪もなぶられつづけて、体じゅうがベタベタ湿っているみたいだった。

「湯も使えるし、新しい衣《きぬ》もくれてやる。どうせ息長の邑《むら》では、せいぜいが苧《からむし》だろう。今夜は大事な祝宴だ。絹を着せてやる。大王の王宮の女儒《にょじゅ》でさえ、めったに触れない絹だぞ」

「絹なんか、いらないわよ。宴《うたげ》になんか出ないから」

「おまえは出るんだ、今夜の祝宴に」

美知主は短く、ひくい声で呟《つぶや》いた。

それは命令だった。

いばり散らす真若王でさえ、兄王の美知主のこうした口ぶりには、一も二もなく服従する乾いた声だった。

「なんのために苦労して、海旅をしてきた。宴に出て、めったに口に入らない鹿の片背肉《かたせにく》や、鰒《あわび》でも喰ったらどうだ。ヤマブドウの酒もある。飲めば、気持ちよく酔えるぞ。たぶん船酔いよりはいいはずだ」

美知主はそういって、にやにや笑った。

海旅の間じゅう、真秀がさんざん船酔いしたのを、とっくに真若王あたりから聞いて、知っているのだ。知っていて、わざとからかっているのだ。

真秀はカッとなって、顔を赤らめた。

虚勢をはって強がって暮らしている真秀には、弱みや失態をつつかれるのが一番、悔しかった。

「ヤマブドウの酒なんか、どうでもいいわ。あたしがきたのは、あんたが熊の血凝《ちごり》をくれるといったからよ。母さんの御影《みかげ》の病気に、よく効く……」

「それはあるさ。東国《とうごく》の親しい一族が送ってよこした秘蔵の薬だ。蝦夷《えみし》というのは、熊狩りが得意だという。勇ましいものだな。あんな猛獣を狩るとは」

美知主の声うらには、はるかな東国の、さらに奥地にすむという蝦夷への畏怖《いふ》と、尊敬の念が滲《にじ》んでいた。

戦士らしい性癖《せいへき》で、勇猛《ゆうもう》な者には、ただに共感を覚えるのだろう。

遠い、とおい東国。

そこにもたくさんの豪族がいるが、その豪族たちもおそれるのが、蝦夷という種族だという。ほんの数人で、獰猛《どうもう》な熊を狩れるのは、山の神々、野獣《ののもの》の神々の守りをうけているからだ。

たくさんの神々に守られた蝦夷は、どんな豪族にも屈せずに、熊を狩り、皮を剝いで米や砂金《さきん》にかえ、秋には川のぼりする鮭《さけ》を手づかみして、豊かに暮らしているという。

熊は一頭しとめれば、さまざまな稼《みの》りをくれる、すばらしい獲物だった。

熊皮一枚は、鹿皮十枚にもまさり、爪を煎《せん》じれば薬になり、臓腑《ぞうふ》——とりわけ肝《きも》は、万病の薬となる。

そのうえ、搾《しぼ》りとった血をモチのようになるまで煮つめて、丸めて干せば、血の足りない女たちには、なによりの薬になるのだ。

だが、東国の豪族たちでも、めったに手に入らない。まして、大和《ヤマト》の周辺の国グニでは、幻のような薬だった。

半年ほど前、息長《おきなが》の邑にやってきた美知主《みちのうし》が、気まぐれのように、わずか五粒をくれた。

おそるおそる母の御影に飲ませてみたら、驚くほど効きめがあった。

ここ数年、女陰《ホト》から血が流れつづける業病《ごうびょう》に冒されて、ねたきりだったのが、ほんのすこし顔色がよくなり、一時は、出血も止まったくらいなのだ。

あれ以来、真秀《まほ》はなんとしても、熊の血凝がほしかった。

えらぶっている真若王《まわかおう》に頭をさげるのは悔しかったが、

「今度、丹波《たんば》にいくことがあったら、美知主に会うことがあったら、また血凝の薬をちょうだいといって。お願いだから、真若王」

と頭をさげ、手をあわせて頼んだほどだった。

「へえ、おまえがおれに、ものを頼むとはな。誇りたかい、わが妹姫さまがねえ」

真若王は厭味《いやみ》たっぷりに、にやにや笑っていた。

それでも、ちゃんと、美知主に伝えてくれたのだろう。また血凝が手に入ったからくれてやる、そのかわり、丹波にとりにこい——という伝言が届いたのは、ほんの、半月ほど前だった。

近いうちに美知主が主催する宴があり、息長の長老はじめ、主だった連中が、角鹿《つぬが》の湊《みなと》から、船をつらねて丹波にゆく。

そのときに真秀もくれれば、薬をやる——というのだ。

真秀は病気の母親をひとりにするのが心配で、それでも、やっぱり薬がほしくて、こうして兄の真澄と一緒にきたのだった。

夢にうなされるほど、まだ体が揺れていると錯覚するほど、恐ろしい海旅をしてきたのも、ただただ、薬がほしいからだ。どうしても熊の血凝が欲しい。

でないと、たぶん、近いうちに母さんは死ぬだろう……。

「もったいぶってないで、早く、ちょうだい」

「今夜の宴にでるのが条件だ。でないと、薬はやれないな」

美知主は草壁《くさかべ》をささえる太い柱に背もたれて、太刀《たち》の飾り紐をいじくりはじめた。

わざとジラしているのが、笑いをふくんだ、その目でわかる。

「嘘つき！　あんたはいったわ、丹波にくれば薬をやるって。だから母さんを息長の邑において、わざわざ来たのよ」

「役たたずの真澄まで、つれてな」

美知主はすかさず、笑った。

「ひとりで来るかと思ったが、やっぱり真澄も一緒だったか。真澄を置いてきたら、息長の女たちに手ごめにされるとでも心配したか」

「手ごめってなによ」

「これだけの美しい男だ。婢女《はしため》たちはおろか、女ヤモメたちも手を出すだろうよ。おまえがいなくなれば、真澄は女たちのいい慰《なぐさ》みものだな」

美知主がいいおわらないうちに、真秀は彼の頰《ほお》をぴしゃりと平手打ちした。

しょせん十四の小娘の平手打ちで、力をこめたわけではなかったが、それでも小気味いい音がした。美知主は痛みよりも、その音にびっくりしたように目をみひらいて、真秀をまっすぐに睨《にら》みつけた。

真秀も負けずに、睨みかえした。

たとえ相手が誰であれ、真澄をからかう者を一時《いっとき》たりと、許すつもりは真秀にはなかった。息長の邑でも、真秀はそうやって兄の真澄を守ってきたのだ。

なにも見えず、なにも聞こえなくても気配を察したのか、それまで、おとなしく真秀に寄りそっていた真澄が、そっと真秀の腕をおさえた。

（真秀。怒っているね。怒ってはいけない。美知主は悪い人じゃない。真秀のことを大事にしてくれる少ない人だ。どうして美知主を怒るの。だめだ）

（だって、美知主は兄さんを嗤《わら》ったわ！　女たちの……）

女たちの慰みものだといったわ――といおうとして、真秀は唇をかんだ。

〝慰みもの〟の意味はあやふやで、実のところ、よくわからないのだけれど、真秀が思いうかべるのは羽をきられた雉《きじ》だった。息長の五百依姫《いおよりひめ》が鳥かごで飼っている。美しさを賞《め》でるために、羽をきってわざと飛べなくする残酷《ざんこく》さが、真秀には厭《いと》わしかった。

兄の真澄は今年でもう二十六歳になる。

肌は女のように白いけれど、りゅうとした肩つきや、すっきりとした立ち姿は、息長のどの青年よりも凜々《りり》しい。

それを見つめる女たちの物欲しげな目が、卑《いや》しげに輝いていることに真秀は気がついている。真秀が目を離したすきに、真澄に触れたがる女たちも多い。

でも、それは真澄を貶《おとし》めるものだ。真澄を汚《けが》し、真澄の羽をきることだ。

「どうした、真秀。おれを平手打ちしておいて、ぼんやりしてるじゃないか」

美知主は険しかった目をやわらげて、不審そうに眉《まゆ》をしかめた。

「おまえはときどき、心がどこかに飛ぶような、神がかりした巫女《みこ》のような目をする。奇妙な子だ」

そういわれて、真秀はぷいと顔をそむけた。

真秀がときどき、ぼんやりするのは、真澄《ますみ》と心で話しているからなのだ。

いつのころからか、兄の真澄は、真秀が心で思っていることを読むようになっていた。

そうして、真秀の心に話しかけることもできる。

それは、目も耳も口も使わない真澄が、神々からいただいたというにふさわしい、ふしぎな、霊力《ちから》にみちた技だった。

けれど真秀は、真澄のそんな力が、人にしられることを恐れていた。

（もし、真澄にそんな霊力があると、息長の連中にバレたら……）

国を追い出されるか、敬《うやま》われるか、どっちかはわからない。

どの国、どの一族にも、巫女や巫王《ふおう》はいる。

巫女たちは真男鹿《さおしか》の肩骨で占いをしたり、神招《かみよ》びをして、神がかりの予言をする。夢見《ゆめみ》をする者もいれば、呪《まじな》いをする者もいる。

巫女たちはみな族人《うからびと》から敬われ、大事にされる。

けれど、巫女は神々にちかい身を守るために、人々と離れて暮らさねばならない。決して、族人らと日々の暮らしを交わらせてはいけないのだ。それは神々の力を失わせ、神々をあなどることだ。

真秀が一番におそれているのは、それだった。

万が一にも真澄に霊力があると認められ、巫覡《みこ》の扱いをうけるようになったら――

たしかに真澄は今よりいい食べ物をたべて、いい衣《きぬ》をきられるだろう。男たちに、やっかみ半分に、イジメられることもない。

でも、ふたりは引き離されてしまうのだ。たったふたりきりの兄妹なのに。

引き離されるくらいなら、霊力のことは隠して、ひっそりと暮らすほうがいい。

ふたりだけでそうっと心を通わせあい、慰めあったり、笑いあっているほうが、よほどいいのだ。

「おれの頬を打って、罪に問われないのは、丹波や息長の部内《くにうち》でも、おまえくらいのものだな、真秀」

美知主はものうげに呟《つぶや》いた。

真秀の気の強さを厭うのではなく、気の強い真秀を、不本意にも許してしまう自分の甘さを悔《く》やむような口ぶりで、美知主がいった。

「まあ、いい。はやく焼《や》き湯《ゆ》を使って、身支度《みじたく》をして、飯を喰らえ」

「薬は？」

「宴《うたげ》に出たら、そのときにくれてやる。どうせ薬を手にしたら、すぐにも、息長《おきなが》の邑《むら》に帰るんだろう」

「あんたの馬を盗んででも、すぐに帰る。御影《みかげ》をながく、ひとりにしておけないわ」

「馬か。まあ、陸路《くがじ》のほうがおまえ向きだ。昨夜《ゆうべ》、おまえは、出迎えにでた、おれの腕の中で気を失ったんだぞ。胃の腑《ふ》のなかのものを、すべて吐き散らしながらな」

「うそよ……！」

と叫びながら、けれど、その声は真秀《まほ》が思うほどには、力がこもらなかった。

もしかしたら、そうかもしれないという気弱な思いが、ふと頭をよぎったのだ。

なんといっても、船からヨタヨタとよろめき降りたまでは覚えているけれど、その後は、頭がまっ白だった。なにも覚えていない。

いわれてみれば、胃の腑が煮えたぎるほどの苦しさを抱きとめた、力づよい腕があったような気もする。

（ほんとうに、美知主《みちのうし》の腕の中で、いろいろ吐いたんだろうか……）

そんなみっともないざまを、息長の連中はどう見ていただろう。

さぞ、嘲笑《わら》っただろうと想像するだけで、胸がちりちりと焦げるようで、真秀はカッと耳を赤くした。

美知主が背をのけぞらせて、小気味よさそうに笑った。

「真澄が心配して、おれの袖《そで》をつかんで離さなかったぞ。嘘だと思ったら、真澄にきけばいい。まあ、真澄がものをいえればの話だが」

そういいながら、軽く、真澄の頰《ほお》をぽんぽんと指でつついてみせた。

真澄はふと手をさまよわせ、美知主の指にふれて、にっこりと笑った。

どんなに気性の荒い兵士《つわもの》でも、どんなにつれない女でも、思わず怯《ひる》んでしまうような邪気のない笑顔に、美知主は苦笑した。

もの心ついたときから短甲《たんこう》で身をかため、手に楯がくいこむ日々を送ってきた美知主には、あまりな無防備ぶりは不吉なものだった。

「この丹波《たんば》の国で、水晶《はり》みたいな、その笑顔をふりまかないことだな、真澄。ここの女たちは、息長の女たちほど遠慮《えんりよ》ぶかくない。異国の血もまじっているから、奔放《ほんぽう》だ。真秀が目を離したすきに、杜《もり》にひっぱりこまれるぞ。それでなくても、宴の準備で、女たちも浮かれている。醸酒《かもざけ》の匂《にお》いや、獣を炙《あぶ》る脂《あぶら》の匂いは、ひとを熱くさせる。血走った女たちは、こわいぞ。並みの男でも逃げきれん」

「真澄をからかうのは、やめてったら！」

笑いながら小屋をでてゆく美知主の背をめがけて、真秀は藁《わら》をひとつかみして、投げつけてやった。

堅薦《かたこも》が揺れて美知主が去ったあとも、藁くずはふわりふわりと宙に舞っていた。

（真秀、美知主はなにをいってたんだい？）

（あたしが美知主の腕のなかで、気絶したとか、吐いたとか……）

（それはほんとだよ、真秀）

（え……）

（真秀のようすがヘンで、すごく心配だったんだ。だからかな、一瞬だけ、まわりが見えたような気がした。真秀が美知主に抱かれて、吐いてるのが見えたよ。美知主は衣《きぬ》が汚れるのもかまわず、真秀の背を撫《な》でていたよ）

「なにさ、そんなの、見なきゃいいのに！」

真秀は顔をくしゃっとしかめて、立ちあがった。

ふだんは心で言葉をかわすだけの真澄の霊力は、ほんの一瞬、どうかしたひょうしに、あたりの風景を見せてくれるという。

けれど、それは稀《まれ》なことだった。まして、せっかく見えたのが、美知主の腕のなかでゲーゲー吐いていた情景だというのでは、あんまり情けない。

(美知主は、たしかに真若王《まわかおう》や、息長の男たちよりは、よほど頼れるわ)

と、真秀も思う。

気まぐれのように見せかけながら、さりげなく貴重な熊の血凝《ちこり》の丸薬《がんやく》をくれるのも、船酔いした真秀の背を撫でるのも、あの美知主だからだ。

弟の真若王は、そんなことはしない。ただ、せせら笑うだけだ。

美知主だけが優しくしてくれて、そのくせ、頼りきらせない冷たいものがある。

心から真秀たちを愛《いと》しいと思ってくれるなら、どうして〝兄〟と呼ばせないのか。

真若王が、真秀たちを異母兄妹《きょうだい》扱いしないのはいい。あの男はときどき、真秀を、

「わが妹姫が」

というが、それは、どこまでも口遊びなのだ。軽口だ。

からかわれた真秀がカッとなり、みるみる怒りで顔を赤らめるのを見るのを、退屈しのぎにしている。

息長の首長《おびと》になれたことを誇りにして、いばり散らしている乱暴者。

菱《ひし》の実ほどの知恵もない、バカ男だ。

あんな男に、妹扱いされたほうが、ゾッとする。

けれど、ときどき不意をつくように優しい心遣いをみせて、真秀がかたく鎧《よろ》っている心を開こうとすると、ぴしゃりと突きはなす美知主のしうちは、身にこたえた。

（あの美知主が、本気で、あたしたちを弟や妹だと認めてくれたら……）

そうしたら、息長での暮らしも、すこしは気が楽になるかもしれないと真秀は思う。

美知主たちの父親は、ヤマト中央の大豪族《だいごうぞく》の首長だという。

それが、真秀と真澄《ますみ》の父親でもあるというのだ。

おしゃべり好きな婢女《はしため》のひとりが話してくれたことによれば、十四年前、美知主が、孕《はら》んだ御影と真澄の母子《おやこ》を息長の邑につれてきて、

「わが父王《ちちおう》が手をつけたあげくに、捨てた母子だ。一人前の働きもできない女だが、かといって孕んでいることでもあるし、放っておくわけにもゆくまい。この邑で養ってやれ。入り用なものは、おれのほうで出してやる」

と預けたという。

豪族の姫ばかりを妻問《つまど》いするのに飽《あ》きた大豪族の首長が、ふとした気まぐれで御影を愛して、そして捨てたのだ。

豪族の王や王子が、美しい婢女に手をつけて、そのまま捨ておくのは、よくあることだった。

「おまえたちは、美知主王が拾ってくれただけ、めっけものだよ。やっぱり、王族の血をもらうとありがたいもんだ」

と老いた奴隷《どれい》のひとりが、羨《うらや》ましげに、ぽつりと呟《つぶや》いたことがある。

確かに、美知主や真若王と同じ父をもつことで、真秀たちは、ただの奴婢《ぬひ》よりはマシな扱いを受けている。

それはつまり、ほかの奴婢のように、笞《むち》で追われないということだ。

首長や一族の有力者たちの姿を見かけたからといって、路《みち》の横にとびすさって、跪《ひざまず》くのを強《し》いられることもない。おめこぼしがある。

真秀がそっぽを向いてやると、長老などは眉《まゆ》をしかめて髭《ひげ》をしごいてみせるが、あとで罰をくらったりはしない。

真秀が朝はやくから、水田に膝まで埋まって稲の手入れをするのも、夜は月あかりで麻《お》績《う》みをするのも、ぜんぶ、自分たちの食いぶちと、着物のためだ。

自分たちの働きを、横から、息長族のためにかすめ取られることはない。

そう、奴婢よりはよほどマシな暮らしをしているのだ。

（でも……）

と真秀は思う。

（あたしたちは息長の族人《うからびと》じゃないんだもの。どこまでも、息長に預けられているヨソ者、三人きりの家族なんだ。天にも地にも、たった三人きりの）

海を渡るとき、あれほど楽しげに、誇りたかく、息長の歌をうたっていた男たち。宴《うたげ》でも、歌垣《うたがき》でも、息長の族人は、おなじ血をわかちもつ同族の絆《きずな》で、かたく結ばれている。おれたちは、水の民・息長族だと。

そこに水がある限り、川でも海でも、平地をあゆむ兵士の数倍の速さですすみ、水の神々の守りをうけて、勇敢《ゆうかん》に戦う息長の男たち。

そうして、女たちは何時間でも水にもぐり、信じられない息の長さで、湖底《みなそこ》から、貝や魚をたくさん採ってくる。

その驚異の息の長さが、とおい昔、息長の名を一族に与えたのだ。

真秀が一日じゅう山にはいって、籠《かご》いっぱいの木の実を採ってきても、息長の女たちが採ってくる珍しい貝や、魚のサチの豊かさに比べたら、わずかなものだ。

男たちにも負けないサチを、湖《うみ》の底から潜《かづ》きとってくる息長の女たちは、誇りにみちている。男たちと互角に渡りあい、邑は活気にみちている。

「あたしたちは、伊勢《いせ》の海女《あま》にだって負けないわ。おまえが湖に潜《もぐ》って、シジミ貝ひとつでも採ってきたら、仲間だと認めて、いっしょに遊んでやるよ、真秀」

幼いころ、そういって海女児《あま》たちに何度、湖に放りこまれたことか。

けれど真秀は、溺《おぼ》れないように、泳ぎの技を身につけるのが精一杯だった。

濡れそぼって湖からはいあがってくる真秀を、女児たちは指さして笑いあった。

ヨソ者の真秀たちを、仲間とは思っていないのだ。それは当然のことだ。同族とは、そうしたものだ。

だから真秀は、息長の族人を嫌いはしても、恨みはしなかった。あたしは息長の子じゃないから、当然なんだ。あたしは息長じゃない――

（息長の子じゃない）

という思いは、大きくなるにつれて膨《ふく》らむ一方だった。

今では、毎日毎日、息長の邑で息を吸うごとに、身に染みてくる。ヨソ者だ、おまえたちはもともと、ここにいるべきじゃないんだという声なき声。冷たい目が。

それがさみしい。身を斬るほどに。

せめて美知主《みちのうし》だけでも、兄と呼ばせてくれれば、まだ淋しくない。でも、美知主は無言のうちに、それを拒《こば》んでいる。

母の御影《みかげ》は、病気で寝たきりだし。

兄の真澄も、目をみひらくほどの美しさを神々から貰うかわりに、目の光も、声も、音もない世界を生きている。

　真秀は、自分ひとりの肩に、なにもかもすべてが掛かっていると強く感じる。御影のいのちも、真澄の生活も、すべて自分ひとりで、守らなければならないと。

　けれど、今年十四になったばかりの真秀には、御影の薬を手に入れるのもひと苦労だし、卑《いや》しげな口ぶりで真澄をからかう連中を殴《なぐ》るときも、内心、びくびくしているのだ。たまらなく心細くて、ときどき、涙が浮かびそうになる。

（あたしは同族がほしいんだわ。おまえは、たしかに、この一族の者だといってくれる、夢の一族、仲間が欲しい……。それがたったひとりでもいい。御影や真澄のほかに、もうひとりいてくれたら、あたしはどんなに嬉しいだろう。心強いだろう）

　それが美知主かもしれない。

　過去に何度も、そう期待したのは、美知主がふとみせる優しさのせいだ。

　けれど、美知主はけっして、一線をこえてまで、真秀の淋しさを癒《いや》してはくれない。むしろ、自分の中にある優しさを恥じているふうだ。

　奴婢の母子らに情けをかけるのは、名にしおう、ヤマトの大王《オオキミ》の将軍《いくさのきみ》にふさわしくないと思っているのかもしれない。

（……真秀？　どうしたんだ。哀しんでいるね）

しょんぼりしかけた真秀の心に、心配そうな真澄の声が、そっと忍びこんできた。

真秀は唇をかんで、キッと顔をあげた。

しっかりしなければいけない。

いっときでも、心の緒《お》をゆるめて、弱音を吐いてはいけない。霊力《ちから》のある真澄がすばやく感じとり、不安がり、心を痛めてしまう。

霊力というのも厄介《やっかい》だ、こういうときは。

「はやく、焼《や》き湯《ゆ》にはいろう、真澄」

真秀はしいて明るい声でいって、真澄の手をとった。

3　髪には菱《ひし》の花を飾り

焼き湯はもう、かなり冷めていた。

木をくりぬいた丸木船のような入れ物に、水をいっぱいに汲《く》みいれる。

そうして、石をたくさん焼いて、真っ赤に焼きあがった石を、かたっぱしから水の中に投げいれると、焼き湯のできあがりだった。

ジュウジュウという、凄《すさ》まじい音と、湧きあがる白い湯気。石の焼ける匂《にお》い。

そうやって温められた水は、せいぜいがぬるま湯で、けれど、川辺で水浴びをするより、よほど垢《あか》もとれるのだった。

焼き湯の湯舟は、邑《むら》のはずれの、麻畑《あさばたけ》のかげにあった。

真秀《まほ》はさきに真澄《ますみ》を入れてやり、縄のきれっぱしを丸めて、ごしごしと、背中や胸をこすりあげた。

体のつぎに髪を洗ってやり、真澄の上衣《うえぎぬ》で、髪の水気をとる。

どうせ五月の、初夏の陽光だ。すぐに上衣も乾くはずだ。こんなよい天気の日に、お湯を使えるからには、草なんかで、この美しい髪を拭きたくない。

水をふくんで湿っている洗い髪が、ゆったりと重たげに、真澄の肩に乱れおちた。

むきだしの白い肩と、どんな女のものよりも黒々と輝く、たっぷりした髪の色映えは、見惚《みと》れるほど美しかった。

「ああ、奇麗《きれい》ねえ。これで女の染衣《しめごろも》でも着たら、大王《オオキミ》だって女と見まちがうわ」

真秀は思わず、真澄の頰《ほお》に自分の頰をこすりつけた。真澄の肌は、蒲《がま》の花穂《かほ》よりもやわらかで、栲衾《たくぶすま》のようにあたたかい。

肌のどこかを触れあっていると、それだけで、言葉以上のものが通いあうように思えてくる。

(真秀。機嫌がいいね。近くにだれか来てるよ。ぼくたちを見てるみたいだ)

いい気分でいる真秀の心に、くすぐったそうな真澄の声が届いた。

「えっ?」

びっくりして立ちあがった真秀は、すぐに、背の高い麻群《あさむれ》のむこうに、三人の女たちがいるのを見つけた。

三人とも見目《みめ》のよい若い女で、それぞれ奇麗な顔だちをしている。

こざっぱりとした麻衣《あさぎぬ》をまとい、身なりからすると婢女《はしため》とは思えず、あるいは貴人《あてびと》に仕える従婢《まかたち》かもしれない。

三人のうちのひとりは、とりわけ目鼻だちがうつくしかった。鼻梁《びりょう》がすうっと伸び、眉《まゆ》のしたの双眸《そうぼう》は、けぶるようだった。ひとめで、異国の血がまじっているとわかる。

ここは息長《おきなが》よりも、さらに海辺に近いから、海を渡ってくる韓土《から》——新羅《しらぎ》とか、加羅《から》とかいう外国《とつくに》の連中も、たくさんいるのだろうか。

「なあに、あんたたち」

真秀は思いきって声をかけた。

それが合図のように、三人のうちの一番の年長者、たぶん二十くらいの女が思いきったように近づいてきた。

びっくりしている真秀のまえで、女は腕をまくり、焼き湯に腕をつっこんで、すこし顔をしかめた。

「もう、すっかり冷めてるわ。おまえ、この湯は使えないよ。ついておいで」

「どこへよ」

「氷葉州姫《ひばすひめ》さまのおいいつけよ」

「氷葉州姫?」

真秀は眉根をよせた。

氷葉州姫といえば、美知主《みちのうし》の娘の名だ。美知主にはすでに三人の姫がいる。

こんどの海旅のあいまにも、息長の男たちはたびたび、氷葉州姫の名を口にしていた。

よほど美しい姫なんだろうか。

「その兄も一緒に、おいで。食べ物をやるから。お腹がすいてるんだろう?」

そういわれて、真秀はふと、たまらなく空腹なのに気がついた。

そういえば昨夜から、なにも食べていないのだ。

(真澄、どうする? 美知主の娘が、こいっていってるって。食べ物をくれるって。美知主の命令かもしれないわ)

湯舟にすわりこんで、怪訝《けげん》そうに真秀たちのほうをぼんやり見ている真澄に、心の中でいってみた。真澄は小さく笑った。

(その人たちはきっと、悪い人じゃないよ、真秀。それに、お腹もすいてる)

それはそのとおりなので、真秀はぷっと吹きだして、

「じゃあ、いくわ」

と女たちにいった。

まるで、それが聞こえていたかのように、真澄が湯舟の中で立ちあがり、さっさと出てしまった。

五月の初夏らしい陽光のもと、水に濡れた体も、すぐに乾いてしまう。真澄は無造作にぶるんと体を震わせて、水をとばした。

年長の女も、ほかのふたりの女たちも、平気で裸体をさらす真澄の無防備さには、さすがに驚いたのか、息をのむ気配がした。

「体全部が、磨《みが》きあげた石英《せきえい》でできてるような男ねえ。顔は女のようなのに、体は戦士のようじゃないの」

潤んだような目で、うっとりと真澄の裸体を眺めていた年長の女が、ふっと吐息をもらした。

好色そうな響きが声に滲《にじ》み、それは男の汗や、熱い肌に馴染《なじ》んだ大人の女の声だった。

若い女たちはさすがに、そこまでの大胆さはないのか、目もとのあたりを赤くして、眩《まぶ》しそうに俯《うつむ》いてしまった。

真澄はさっさと手探りで袴《はかま》を捜しあてて、ひとりではいた。

髪を拭《ぬぐ》うのに使って、すっかり湿っている上衣にさわり、ちょっと顔をしかめてから、しぶしぶのように着た。

「濡れてるじゃないの、あの上衣は」

年長の従婢が、とがめるように真秀をみた。

「洗い髪をふいたのよ、あの上衣で」

「気のきかない子ね。そういうときは、あたしに声をかけなさいよ。乾いた布くらい、いくらだって……」

年長の従婢は、言葉じりを濁《にご》らせて、

（わかるでしょう？）

というように、真秀に意味ありげな流し目をよこした。

もちろん、真秀にもわかっていた。

そんな流し目も、ふくみのある声音《こわね》も、息長の女たちですっかり馴れている。

「だめねえ、あたしにいえば、真澄ひとりの食いぶちくらい、ちょろまかしてきてやるわよ。炊《かし》き屋《や》から、肉の浮いた羹《あつもの》の一杯だって、とってこれるわ」

「五百依姫《いおよりひめ》から、使い古しの絹のきれっぱしをいただいたから、真澄にあげるわ。腰紐になるんじゃない？」

「これ、真若王《まわかおう》さまが捨てるようにっていったけど、壺《つぼ》の底に、まだすこし、さね葛《かずら》の汁が残ってるから、真澄の髪を梳《す》くのに、使ったらいいわ」

女たちは先を競って、いろんなものを真澄にもってきた。

真澄は感謝のことばをいうでもなく、ちょっと首をかしげて笑うのがせいぜいなのに、女たちは、その笑顔を眺めるだけで充分だと思うらしいのだ。

だから、ときどき真澄は、真秀も驚くほど真新しい、織りたての苧衣《むしぎぬ》を着ていたり、角髪《みずら》にゆった髪に、ほんのすこし歯がかけているだけのウルシ塗りの櫛《くし》をさしていたりする。

それを目ざとく見つける息長の男たちも、取りあげたりはできなかった。そんなことをしたら、夜、寝屋《ねや》で、女たちに抓《つね》られるだけだ。

(ねえ、真澄……)

と真秀は、兄の手をとって歩きながら、厭味《いやみ》たらしくいってやった。

(真澄はどこにいっても飢《う》えずにすむし、こごえなくてもいいし、それどころか奇麗に身《み》支度《じたく》できるよ、きっと)

(なんのこと?)

真秀に手をひかれて、まるで、ものを見る者のように、すたすたと歩いている真澄が、ふしぎそうにいった。

(人は自分より弱いもの、可愛い、美しいものを愛さずにはいられないわ。いとしい、庇《かば》いたいというあったかい気持ちは、人間の気持ちのなかで、一番、大事なものよ。それは神々に近い感情なの。真澄は、そんな気持ちをいっぱい、人に与えてくれる。だから、真澄《ま》みたいに目はものを見ず、耳は音をきかず、口はものをいわないような人を、神々の愛児《な》というのよ）

（神々は、ぼくに大事なものをくれたね）

（そうよ。すべすべした白い肌や、やさしい心ばえや、よく磨いた黒曜石《くろるり》の鏃《やじり》より黒い、水苔《みずごけ》みたいにいい匂《にお》いのする髪や……）

（違うよ、真秀。神々がぼくにくれたのは、真秀だ）

真澄はまじめなふうでいった。

（真秀が生まれたとき、ぼくは十二だった。ずっと暗闇の世界で、音も光もなかった。母さんの御影《みかげ》の手だけが、すべてだった。だけど、真秀が生まれたとき、真秀の泣き声も聞こえて、笑い顔も見えたよ。真秀が、この先ずっと、ぼくを守ってくれるとすぐにわかった）

それは真澄が、くりかえし、くりかえし、話すことのひとつだった。

たぶん真澄はほんとうに、生まれたばかりの真秀の泣き声をきき、笑い顔をみたのだ。霊力《ちから》の恵みで。

(真秀が生まれてから、暗闇がこわくなくなった。神々は、真秀をぼくにくれたから、それだけでいいんだ)

(あたしも真澄をもらったわ。恋人のように、なによりも大事な真澄を)

真秀は握っていた手に力をこめて、元気よく、歩いた。

裸足《はだし》の足うらに、温《ぬく》もった五月の土は、たいそう心地よい。

麻畑《あさばたけ》をでて、邑《むら》を横ぎるほどに、邑の全景がみえてきた。

右手のほうには姿のよい山があり、青葉が繁っていた。ところどころに見える淡い紅色は、合歓《ねむ》の花らしい。いかにも神々に祝福された山のようだった。山の神は、秋には、よい木の実や獣たちを、ここの族人《うからびと》にくれるのだろう。

道ばたにはやさしい紅色のひるがおが、ちょうど花をひらいたところで、小さく揺れていた。

東の方角からは、温《ぬく》もった水の匂いがした。水田にはたっぷりと水がひき入れられ、秋には金色の稔《みの》りをくれるのだろう。

だが、この邑をうるおすのは、稲穂《いなほ》よりもなによりも、海を渡ってくる異国の品々ではないだろうかと、真秀はふと思った。

頭に水甕《みずがめ》をのせて、腰で拍子をとるように優美に歩く女たちと、何人もすれちがったが、

みな、目じりに黥《いれずみ》をいれ、いかにも異国ふうの顔だちをしていた。南のほうの顔だ。

男たちの姿をみかけないが、今夜の宴《うたげ》用に、魚でも漁《すなど》りに出ているのかもしれない。ここは海辺の国だもの。

従婢《まかたち》たちは丘のほうに歩いてゆき、大きな松がはえているところを過ぎた。

しだいにあたりには木々が多くなり、床をあげたいくつかの建物が見えてきた。この河《かわ》上《かみ》の王族たち――首長《おびと》や有力者の一族が住む場所らしい。

従婢は小さな御館《みたち》の裏手にまわり、真秀を手招きした。

裏手の庭のようなところにいってみると、人ひとり、寝そべられるくらいの掘りさげた穴があり、そこからもうもうと湯気がたっていた。穴を覗《のぞ》いてみた真秀は、

「あっ」

と驚きの声をあげた。

穴の内部は、美しい、半透明の白や、緑色や、ぴかぴか光る紫の玉石《たまいし》を敷きつめて、固めてあったのだ。

いますぐ、その石のひとつをくりぬいて、腕のよい玉作りの工人《たくみ》が磨きあげれば、玉飾りにもできそうな美石ばかりだった。そこに、湯が溢《あふ》れるばかりに満たされている。

湯の底で、さまざまな石の色がまざりあい、湯は虹色にゆれていた。

真秀はうっとりと見とれた。こんな湯穴を見たのは初めてだった。それは見るからに、貴人《あてびと》が湯浴みするためのようだった。

「さ、おまえたちは、この子をよく洗って」

年長の従婢は、ふたりの女にいいつけてから、

「あたしは、この男に食べ物をやるわ。おまえ、いいわね」

有無をいわせぬ目つきで真秀を睨《にら》み、うってかわって優しい手つきで真澄《ますみ》の手をとり、さっさと御館の梯子《はしご》をのぼっていった。真澄はおとなしくついていった。

それを見て、真秀は、あの女に任せても大丈夫だと決めた。

真澄は勘がよかったし、邪気を感じとる霊力もある。

真澄がおとなしくついていったのは、あの女に悪意がないのがわかるからだ。

残された女ふたりは、あからさまに不満なようで、おかげで、真秀は力いっぱい、容赦《ようしゃ》なく体じゅうを麻布でこすりあげられた。

けれど、荒縄とちがう麻布だから痛くないし、お湯はほどよく熱い。

焼《や》き湯《ゆ》のようなぬるま湯と違って、こんなに熱い湯をたっぷり使って、体を洗うのは初めてだった。思わず顔を赤らめるほど、ぽろぽろと大きな垢《あか》がでた。

湯から出た真秀は、真新しい、白く晒《さら》した麻衣《あさぎぬ》を着せられた。

（これが、美知主《みちのうし》がくれるっていう、新しい衣《きぬ》か。悪くないわ）

いい気分でいると、

「ぼんやりしてないで、こっちよ」

きびきびとした声で叱りつけられた。真秀《まほ》はいわれるままに梯子をのぼった。のぼりながらも、驚いていた。

どうやら、御館のなかで、食べ物をもらえるらしいのだ。

兄の真澄が御館に連れていかれたのは、よくわかる。

年長の従婢は、真澄を少しでも暖かい、心地よい場所で食べさせてやりたかったのだ。

それにきっと、真澄が細いきれいな指で、餅《もち》をつまみながら食べる、そのしぐささえ見たいのだろう。息長《おきなが》の女たちも、そうだから。

けれど、自分までもが板床のある、高床《たかゆか》の、御館のなかで食べ物をもらえるとは思わなかった。これも、美知主のいいつけなんだろうか。

（美知主の国だから、息長よりも、よほど待遇がいいわ）

湯で洗いたてられ、肌にちくちくするほどの真新しい麻衣をきて、こうなると、あとはもう、食べ物のことしか頭になかった。

「さ、ここに入って」

異国ふうの顔だちをした女のほうが、玉を連ねた簾《すだれ》をかきあげた。真秀は内心、呆《あき》れかえりながら、室内にはいった。

(ひゃー、王族は、こんなところで食べるの?)

壁は細かく編みこまれた竹か藤蔓《ふじづる》のようで、天井は高い。

思ったより狭いが、部屋の中央には、樫《かし》の木でつくった、高坏《たかつき》を大きくしたようなものがある。

その上に、こまごまとした小壺《こつぼ》や貝細工らしい小箱、菅《すが》や小竹《おだけ》をウルシで固めた爪櫛《つまぐし》や、黄楊《つげ》の櫛や、髪留め針のような化粧具があった。

(ここは、食べるとこじゃないのかな。化粧具があるなんて)

真秀は首をひねった。

「さ、ここに座って」

びっくりしているあいだに、真秀は肩を押さえつけられ、木を細工した胡床《あぐら》のようなものに座らされた。

どうやら、食べ物をもらうのではなく、身支度《みじたく》をさせられるとわかったのは、髪をぐいぐいと梳《す》かれだしてからだった。

髪の毛がごっそり抜けるかと思うほど、強い力で、何度も何度も、気が遠くなるほど梳かれる。

異国ふうの女はいつも、王族の姫たちの髪をそうやって梳く役目なのだろうか。

無言で、手早く髪を梳いてゆく手つきは、楽《がく》の音《ね》にあわせて踊るような、ふしぎな拍子があった。

熱い湯にあたったのと、空腹すぎるのとで、真秀はもう抵抗する気力もなく、おとなしくしていた。ともかく、そのうち、食べ物がもらえるだろう。

従婢《まかたち》ふたりは梳いた髪に、手の平で、べたべたと粘る汁を塗りはじめた。

匂《にお》いを嗅《か》いで、真秀は息がつまるかと思うほど、びっくりした。

さね葛《かずら》の汁と、どうやら椿油《つばきあぶら》も混じっているのだ。匂いでわかる。

これで髪を梳きあげると、黒髪はつやつやと輝くばかりになる。極上《ごくじょう》の髪油《かみゆ》だ。

でも、それも王族の品々で、族《うから》の女だって、祭りでもなければ、使わないものなのだ。

従婢はしっとりとしてきた髪を、あざやかな手つきで、結いあげた。

高坏のうえにあったウルシで固めた髪留め針を、おしげもなく使った。

「ふん。せっかく結ったのに髪飾りがないわ。おまえ、北の池に、菱《ひし》の花が浮いてるから、とっておいでよ」

従婢のひとりが、異国ふうの顔だちの女に顎《あご》をしゃくると、彼女はさっと部屋をでていった。

しばらくして戻ってきた女の両手には、白いのや淡紅色《うすべにいろ》の小花がたくさん、水に濡れて溢《あふ》れていた。

（髪を結うのも、髪に花を飾るのも初めてだわ）

真秀はなんだかわくわくしてきた。

まだ大人ではないから、髪は解《と》き髪でしかたないとしても、せめて息長の少女たちのように、横髪に花を飾りたいと思うことはあったのだ。

けれど、そんなことをすれば、また息長の男たちが、指をさして嗤《わら》うに決まっているから、それもできなかった。

奇麗《きれい》な花で髪を飾るのは、どんなときでも嬉しいものだ。どきどきする。

やがて、立つように命じられ、従婢が奥からもってきた衣に着替えるよう、命じられた。

従婢が手にしているのは、薄桃色の染衣《しめごろも》だった。

真秀はびっくりして、目をまるくした。

今さっき、湯上がりに着せてもらった、この白く晒した麻衣だけでも、じゅうぶんに上等で満足なのに、これはどうやら、湯上がりにまとう湯衣《ゆかた》にすぎないらしいのだ。

（ああ、もったいない。息長に帰るとき、この白い麻衣を持ってけないかな）

真秀は麻衣の袖《そで》のあたりを撫《な》でながら、なごり惜しそうに、しぶしぶ着がえた。

従婢は、真秀がぬいだ麻衣を、さっさと奥に運んでいってしまった。

これで最後かとホッとしたのも束《つか》の間《ま》、今度は貝皿の底に、ほんのすこし溜まっている黄色い汁を、木筆で、唇に塗られる。

木筆はやわらかな柳の小枝の先を、こまかく裂いたもので、よほど細かく、糸のように裂いてあるのか、すこしもチクチクしなかった。

黄色い汁が、木筆を扱っている女の指に、少しだけついた。そのとたん、黄色はみるみる、鮮やかな紅色にかわった。

ということは、唇に塗った汁も、今、鮮やかな紅色になっているんだろうか。

息長の王族の娘たちも、よく唇を赤く染めているけれど、あれはこの紅汁《べに》を使ってるんだろうか。

(結局、美知主が望んだように、宴《うたげ》にだされるんだわ)

真秀はすこし悔しくなってきて、ふうっと吐息した。

いくら反抗しても、最後には、美知主のいうことに従うしかない身なのだ。

熊の血凝《ちごり》の薬につられて、おそろしい海の旅をしてきたあげく、なぜ宴などにでなければならないのか。

だいたい、こんな時期はずれの、水田の仕事もいそがしい時期に、なんの理由があって宴などするのだろう。海辺の国には、この時期、なにか特別な祭りがあるんだろうか。

「ねえ、おまえ。おまえの父親は、ヤマトの和邇《わに》豪族《ごうぞく》の首長《おびと》だという噂《うわさ》だけど、ほんとなの？」

真秀に摺《す》り模様の、みるからに異国ふうの裳《も》をつけながら、従婢のひとりがいった。

真秀はそっけなく頷《うなず》いた。

「和邇の日子坐《ひこいます》っていうのが父親らしいわ。ここの美知主や、息長の真若王《まわかおう》たちの父親と同じよ」

「おまえ、父親が和邇一族の首長だというのが、誇らしくないの？」

従婢が意外そうに顔をあげた。その目には、素直な驚きがうかんでいる。

真秀は首をすくめた。

「あたしの母さんはね、兄さんとおなじような神々の愛児《まな》よ。大人になっても、五つの童女《こども》と同じなの。しゃべることは、さむいね、あついね、というくらい。でも、心のきれいな、清い人よ。それに真澄《ますみ》のように奇麗よ」

「へえ、うちの族《うから》にも、そういう愛児はいるわ。それは神々が一族にくださった神意よ。奢《おご》り高ぶるな、神々に愛されることだけが美しいのだと知らせてくれるあかしよ。みんな、大事にするわ」

にわかに、従婢の声に親しみが滲《にじ》んだ。

しょせん奴婢《ぬひ》の身だから、おなじ育ちの真秀とは、すぐ気心がかようのだ。

「そんな神々の愛児に手をだすなんて、日子坐王さまも気まぐれねえ。神々の愛児は慈《いつく》しむためにいるので、戯《たわむ》れの恋の相手ではないのに。和邇の日子坐王なら、たとえ、宴の一夜の恋でもいい、と願う王族の姫もおおいでしょうにね」

「女ずきの、脂《あぶら》ぎったジジィなのよ、きっと」

「まあ、おまえ、ほんとうの日子坐王さまを、一目でも見たことがないのね」

従婢はくすくす笑いながら、帯のしめぐあいを調べてくれた。

「見てないわ。どうでもいいわ」

真秀はもう、とうに父親の日子坐に会いたいと思わなくなっていた。

もの心ついた頃からずっと、母子ごと、父親に捨てられた話をさんざん聞かされたのだ。慕《した》わしい気持ちが湧いてくるはずがない。

「まあまあ、そういわずに。一目でも見るといいわ。若いころは、どんなにか……」

さもおかしげに、楽しげにしゃべっていた従婢が、はっとしたように口をつぐんだ。

それといれかわるように、

「いつまでかかっているの、おまえたちは」

ひやりとするような冷たい、鋭い声が背後からとんできた。続いて、さやさやと玉簾《たますだれ》がすれあう、羽虫のような音もする。

びっくりしてふり返ると、そこには女――二十《はたち》くらいの、おそろしく着飾った女がたっていた。

4 鹿占《しかうら》

女は、鮮やかな、濃い、茜色《あかねいろ》の染衣《しめごろも》をまとっていた。

砧《きぬた》で打って艶《つや》をだしたような、若草色《わかくさいろ》の、つやつやした裳《も》をつけている。

首には、青い勾玉《まがたま》の首かざりをたらし、それが、うすぐらい室内のなかでも、まばゆく光っている。

腕には白く研《と》いだ石釧《いしくしろ》や、みたこともない紫色した小貝をつらねた手纏《たまき》を、幾重にもまいている。耳からも、細い金糸のような耳飾りがさがっている。

肩から腕にかけて、まるで滝川のように滑りおちているのは、ごく薄い、白絹《しらぎぬ》の領巾《ひれ》だった。

美しく結いあげた髪には、磨《みが》きこんだ黄楊《つげ》の櫛《くし》に、金や銀色にひかる簪《かんざし》をみっつもよっつも、差している。

一目で、この丹波《たんば》の王族の——今はもう、王族というよりは豪族という言い方のほうがふさわしくなっているが——姫だというのがわかった。

（美知主《みちのうし》の娘、ええっと、氷葉州姫《ひばすひめ》だったかな。そうそう、その氷葉州姫だわ、きっと）

たしかに、今、目のまえにいる女の身なりは、王族の姫にふさわしい豪奢《ごうしゃ》なものだった。

ただし、きらびやかな玉《たま》や衣《きぬ》で身を包んでいるわりに、姫はどこか不幸そうにみえた。

それに、そんなに美しいというほどでもない。あの美丈夫《びじょうふ》の美知主の娘にしては。

「おまえ、茅奴《ちぬ》、つまらないお喋《しゃべ》りをして。わたくしが待っていたのを、知っていたでしょう」

姫はいかつい、まるで男のような声で、笞《むち》うつように従婢《まかたち》を叱りつけた。

どうやら、さっきまで気軽にしゃべっていた従婢が、ふいに黙ったのは、氷葉州姫の足音か、気配を感じたかららしい。

今、その茅奴という従婢も、異国ふうの従婢もおどおどと跪《ひざまず》いて、頭をさげていた。

「出ておゆき」

氷葉州姫は鋭くいい放った。

従婢たちは足をもつらかせて、先をきそって部屋をでていった。

部屋には、真秀《まほ》と氷葉州姫だけになった——

と思ったのだが、よくみると、氷葉州姫のうしろに、ひどく背のひくい老婆が控えていた。

氷葉州姫が一歩あるくたびに、老婆も影のように依《よ》りそってくる。

彼女が近づいてくるたびに、どこからか鈴の音がきこえてくるようで、真秀はぽかんとして、辺りをきょろきょろ見まわした。

姫がごく近くまできて、ようやく、裳に隠れてみえない足首に、小鈴をつらねた足環《あしわ》をはめているらしいのが、わかった。

それで一歩歩くたび、身をゆらすたびに、ちりちり、と、はかない虫音のように鈴が鳴るのだ。

それは、この丹波の国独特の、異国ふうの飾りとみえた。

足にまで、足環をはめる習俗《しゅうぞく》は、新羅《しらぎ》や加羅《から》からの異国の品々で溢《あふ》れている息長《おきなが》にも、さすがに見かけぬものだった。

「トネや。ねえ、奇麗《きれい》だことね、この佐保《さほ》の血すじの婢《めやつこ》は」

氷葉州姫はゆっくりと真秀のまわりを巡って、じろじろと眺めまわしたあげく、ふり返って老婆に話しかけた。刺《とげ》のある声だった。

トネと呼ばれた老婆は、ふん、と鼻をならした。

「佐保は同族とばかり結ばれますからな。血がさぞ、どす黒い紫色になっておりましょう。

それが肌を輝かすのでしょう。呪いのある美しさですよ」

「さっき、ちらりとみた、あの男。じっと眺めていると魂を吸いとられそうなほど、麗美《うるわ》しかったわ。あれも、佐保の男ね。佐保は、男も女も、ぞっとするほど美しいわね。大王《オオキミ》が、いずれ佐保の姫を望まれるという鹿占《しかうら》の兆《しら》せは、きっと正しいわ。ねえ、始良《アイラ》?」

氷葉州姫がそういったとたん、玉簾を音もなくかきあげて、女が入ってきた。青い被《かぶ》りものをしているが、一目で南の異国女だとわかる、なめらかな蜜色の肌をしている。

丸みを帯びた体からは、ほのかに甘い、南の花の香りがただよい、被りものの陰になっている射干玉《ぬばたま》の髪はゆるやかにちぢれて波うち、目じりは切れあがって、木灰《はい》かなにかで黥《いれずみ》をしている。目も鼻も口も、鋭いノミで彫りつけたように、くっきりしている。

まだ二十にはなっていない、はっとするほど美しい異国女だった。

「見てごらん、始良。おまえが真男鹿《さおしか》の灼象《やきかた》で占った、佐保のヒメというのは、こういう顔をしているのかもしれないわね。どう?」

氷葉州姫は両肘を抱くようにして、顎《あご》で、真秀のほうをしゃくった。

アイラとかいう、その異国女は小首をかしげるようにして真秀を眺めた。ふしぎそうに目を細めたが、なにもいわなかった。

ヤマトの言葉は理解できないか、わかっても、しゃべれないのかもしれない。

鹿占だの、灼象だのというところをみると、この異国女は卜者《うらべ》か、巫女《みこ》かなにかなのだろうか。

真秀はなにがなんだかわからず、氷葉州姫と、トネ婆さんと、異国女をかわるがわる眺めた。いったい、この権高《けんだか》な姫は、なにをいっているんだ？

「おまえ、真秀とかいったわね。もう、でておゆき。見なければよかった。佐保の女の姿など」

「佐保って、なんなの」

ようやく、それだけをいうのがやっとだった。

すでに背を向けていた氷葉州姫は、意外そうにふり返った。

「おまえは佐保の出でしょう？　和邇《わに》の日子坐《ひこいます》が気まぐれに、佐保の女鹿《めじか》を狩って、あの美しい兄と、おまえが生まれた。隠さなくてもいいわ。べつに、おまえをどうかするつもりもないわ。ただ、見たかっただけよ。佐保の女とやらは、どれほど美しいのかを」

「日子坐が、佐保の女鹿を狩って……？」

おうむがえしに呟《つぶや》いた真秀は、つぎの瞬間、はっと息をのんだ。

「じゃあ、御影《みかげ》は佐保とかいう一族の出なの？　その一族はいまもあるの？」

呆然《ぼうぜん》として問いかえす、その声がかぼそく震えた。

御影が属する部族。母なる部族。

それは、真秀がずっと知りたがっていたことだったのだ。

父がヤマトの大豪族《だいごうぞく》の首長《おびと》だというのは知っている。でも、御影や真秀たち母子をとうに捨てた男だ。そんな男の一族に未練はなかった。

でも、母の御影が属する部族がありさえすれば——その一族なら、自分たちを同族と認めてくれるだろう。

なんといってもこのヤマトの国の族《うから》は、みなみな、母の血で結ばれているのだ。どの一族もそうだ。息長もそうだ。

息長の女にも、他部族の男がひそかに通ってくることがある。息長の男たちは内心、おもしろく思わない。

だが、他部族の男でもいいと女が決めてしまえば、誰も口出しできない。やがて子が生まれる。

そうすれば、その子は息長の子なのだ。決して、通ってくる男の一族には渡さない。子は、母なる部族に属するのだ。だから、和邇を父にもつ真若王《まわかおう》も美知主も、息長の王子なのだ。父につながる和邇族ではない。

それは、神代《かみよ》のころから定められた、神々の掟《おきて》だ。

聖《きよ》らかなものも、卑《いや》しいものも、すべては母の血から伝わるのだ。

だから、御影が属した部族がありさえすれば、その一族はちゃんと認めてくれるだろう、真秀や真澄《ますみ》は同族だと。

息長の邑《むら》で、ヨソ者だと思いしらされるたびに、真秀はいつも思っていた。御影のほんとうの一族がありさえすれば、と。

けれど、それははかない夢のように思われた。

なぜなら、御影が奴婢《ぬひ》であるからには、たぶん、御影の一族は、昔の戦《いくさ》かなにかで滅ぼされたのだ。

その昔、ヤマトの大王《オオキミ》の軍に滅ぼされた部族はたくさんあったという。滅ぼされた一族は、男も女も、奴婢の身に零《おち》る。そうして死ぬまで、征服者の一族のために働くのだ。

わずかなヒエや粟《あわ》を与えられ、征服者の王のために石を運んで、ばかばかしく大きな墳《ふん》墓《ぼ》をつくり、最後には疲れはてて、石の下敷きになって死ぬだけの運命だ。

そんな哀しい運命に、御影の一族もまきこまれてしまったのだと、真秀はすっかり思いこんでいた。

だから帰るべき一族もなく、父の日子坐にも捨てられて、それであたしたちは息長に預けられているのだ——というのが、真秀の哀しみだったのだ。

なのに氷葉州姫《ひばすひめ》は今、佐保とかいう一族が、いまもあるようなことをいった。それは、どういうことなのか。

「氷葉州姫、あたしは佐保の血すじなの。佐保というのは、今もある一族なの⁉」

「驚いたこと」

氷葉州姫はくるりと体の向きをかえて、まじまじと真秀を眺めた。

珍しいものを見るような、冷たいまなざしだった。

「父さまはなにも教えていないの？　父王《ちちおう》の美知主が、おまえたち兄妹を心にかけるのは、佐保の血脈《ちすじ》だからだわ。今どき、珍しい一族だもの。加羅からきた青孔雀《あおくじゃく》を愛《め》でるように、父さまは佐保人《さほびと》を珍しがっているのよ、きっと。めったに、他族の手に落ちない、古いヤマトの血だもの」

「古いヤマトの血……。ヤマトの土着《どちゃく》の一族なの？　オオキミがくる前からの？」

「そうよ」

と氷葉州姫は、おもおもしく頷《うなず》いた。耳に穴を穿《うが》ち、そこから下げた金の耳飾りが小さく揺れた。

「だから、三輪《みわ》の大王《オオキミ》も、いずれ佐保の姫を欲しがるのね、きっと。ヤマトをもっともっと、根こそぎ、ご自分のものにするために」

「大王が欲しがるって……」

もっともっと、佐保のことを貪《むさぼ》るように聞きたいのに、氷葉州姫はなぜかヤマトの大王のことばかりを気にしている。

真秀《まほ》にはそれがふしぎで、焦れったかった。

「大王と佐保が、なにか関係があるの？　大事なことなの？」

「わたくしは大王の妃《きさき》になる身よ。なつかしい故郷を離れてヤマト入りするのだもの、大王がわたくしを愛するかどうかは大事なことだわ。だから占ったのよ。いけない？」

「そんなことは……」

そんなことは、あたしには関わりがないわといおうとして、真秀はふと気がついた。

今夜の祝宴。

こんな時期はずれの宴《うたげ》は、もしかしたら、美知主の娘がヤマトの大王の妃になる、その祝いではないのか。

それにしても、ヤマトの大王とかのことはわからないし、どうでもいい。今は佐保とかのことだ。

「鹿占《しかうら》に、佐保のことがでたの？」

「大王はいずれ、佐保のヒメを欲しがると出たわ。はっきりと」

氷葉州姫はどうでもいいことのように、肩からすべり落ちそうな領巾《ひれ》をまさぐりながら、小さく欠伸《あくび》をしてみせた。

けれど、その唇は白く乾いており、かすかに震えているのを、真秀は見てしまった。

おそらく、骨卜《ほねうら》を気にしているのだ。

「佐保の一族は、男も女も美しいというけれど、見たものはいないわ。畿内《くにうち》の外にはでない一族だもの。でも、おまえたち兄妹をみて、気がすんだわ。もう、でておゆき」

といって氷葉州姫はにわかに顔をしかめ、領巾で口もとを覆《おお》った。

「おお、くさい。婢《はしため》の娘は、藁《わら》の臭《にお》いがするわ。淡海《おうみ》からきたから、腐った川魚の臭いもする。いくら香油を使ってもダメね。トネ、窓をあけて風をおいれ」

真秀は氷葉州姫の嘲《あざけ》りなど、耳に入っていなかった。

このいかにも権高な、瓜《うり》をかじる灰色兎《うさぎ》のような、コセコセした顔つきの姫。

お世辞《せじ》にも美人とはいえない姫は、それでも大事なことを教えてくれたのだ。母の御影は、佐保の一族の者だと。

佐保の一族はまだ、ちゃんとあって、なんだか大事な一族らしい。

（美知主に聞けばわかるわ。聞こう、佐保のことを。美知主に！）

真秀はいそいで部屋をよこぎり、肩が氷葉州姫にぶつかるのもかまわず、部屋をとびだした。

さやさやと揺れうごく玉簾《たまずだれ》のうしろで、

「んまあ、姫さま。ぶつかったところが、アザになりませぬか。なんという小娘なんだ。ええい、美知主さまのおいいつけさえなければ、笞《むち》で打ちすえてやるものを！」

キィキィとさえずるババアの声がした。氷葉州姫の乳母《めのと》かなにかなのだろう。かまうもんか。

真秀は勢いよく梯子《はしご》をかけおり、周りを見まわした。

つままの木が真太くのび、つやつやした葉の先に、鮮やかな黄色の花が群れて、咲いている。

その木のむこうに、ひときわ高く床をあげ、屋根がいくつも入りくんだ御館《みたち》の千木《ちぎ》が見えた。

（きっと、あれが首長のすむ御館だわ）

すばやく見当をつけて、真秀は駆けだした。

初めてきいた族名《うからな》、佐保《さほ》。しかも、その一族はまだあるのだ。とうの昔に滅びてしまっていたわけじゃなかった。

（ああ、もっと早く、美知主《みちのうし》に聞けばよかった！　意地をはっていないで）

どうして、御影《みかげ》が連なる一族を、とうに滅びてしまったと思いこんでいたのかと、真秀は今さらながら悔やんだ。

でも、奴婢《ぬひ》の身であることや、いろんなことを考えると、そう思うのは自然の筋みちに思えた。

これまで、息長《おきなが》の族人《うからびと》はだれも、真若王《まわかおう》さえ、〈佐保〉という名を口にしなかった。たぶん、みんな、ほんとうに知らなかったのだ。

でも、きっと美知主なら知っているはずだと、真秀も思っていた。

自分がヨソ者だと思いしらされるたびに、美知主に聞いてみたいと思うこともあったのだ。たとえ、とうの昔に滅んだ一族でもいいから、その一族のことを教えてと。

でも、どうしても聞けなかった。

自分が母の一族を知りたがっていると、美知主に知られるのがイヤだったのだ。

母の一族を知りたい気持ちの裏には、心細さと、さみしさがあった。

いつも勝気に、虚勢をはっている裏の弱さを見破られ、嘲笑《わら》われたら、きっと立ちなおれない。手ひどく傷ついてしまう。それが、こわかった。

でも、氷葉州姫はたしかに、佐保はヤマトの古い一族だといった。

今も、ちゃんと続いている、ほんとの御影の一族があるのだ。その一族のことを知りたい！

（知らないとはいわせないわ、美知主。あたしは知りたいのよ。知りたいのよ。あたしたちは、この世でたった三人きりじゃないのだと。同じ血をもつ同族が、他にもいるのだと。そこでも、御影やあたしたちが奴婢だというのなら、それでもいい。母さんや真澄を守るのは、あたしひとりでいいわ。でも、あたしを守ってくれる神、その同じ神を祀《まつ》る一族がいるだけで、淋しくないわ！）

あまりにも急ぎすぎて、馴《な》れない裳《も》がうまく捌《さば》けず、あやうく転びそうになった。

真秀は舌うちして、思いきって裳をたくしあげて、また走った。

梯子、というより階《きざはし》の下に、槍をもった若い男がふたり、御館を守るように立っていた。

ふたりは駆けこんできた真秀を見て、驚いたように槍をおさめた。男たちはふと顔を見合わせて、

「あ、あのう、どちらの姫で……。あ、今夜の祝宴のために、竹野《たかの》の里から参られた竹野《たかの》姫《ひめ》であられるのか……？」

男のひとりが、おずおずという。もうひとりは目をみひらいたまま、食いいるように真秀を見つめていた。

「竹野の里……？」

なによ、それといいそうになって、真秀はあやうく口をつぐんだ。

どうやら祝宴には、近隣の部族の姫たちも集まることになっているらしい。竹野というのは、そうした邑のひとつ——たぶん河上《かわかみ》一族の友族《ともがら》なのだろう。

それにしても、男たちの丁寧《ていねい》な口ぶりがふしぎで、真秀はすっかり面食らっていたのだったが、ふと、

(そうだ。あたしは今は、王族の姫みたいな衣《きぬ》を着ているんだわ)

と思いあたった。きっと、あたしをどこかの王族の姫と誤解しているんだ。

最初に誤解したのは男のほうだと思うと、嘘をつくのも気がとがめなかった。

「そうよ。あたしは、その竹野の姫よ。美知主に用があるの、どいて」

真秀はいいながら、男たちの間をすりぬけ、階を音をたててのぼった。

のぼってすぐ目のまえに、美しい玉を連ねた簾《すだれ》が、すずしげに垂れ下がっている。

真秀は乱暴に中にとびこみ、さすがに立ちすくんだ。

室内には、十数人の男たちがいたのだ。

たぶん、この河上の長老たちが五人ほど、それに真若王と、その腹心のえりぬきの息長水軍の男が三人。さらには、見たことのない男たち数人もいた。

男たちはみな、たった今、戦場から帰ってきた兵士《つわもの》たちのような厳しい顔つきで、座り

こんでいた。

そんな男たちにいっせいにふり向かれ、鋭い目で見つめられて、真秀はみるみる血の気が失せてゆくようだった。

それまで昂《たかぶ》っていた気持ちに、いっきに冷たい水を浴びせかけられたようで、真秀は怯《おび》えたように立ちつくした。

5　春日《かすが》なる佐保《さほ》

「や、これは……」

まっさきに口を開いたのは、真若王《まわかおう》だった。

それまで吸いつくように真秀《まほ》を見つめていたのが、ふらりと立ちあがり、大股に部屋をよこぎって真秀の前に立った。

そのまま、しげしげと真秀を眺めてばかりで、なかなか口をきかない。

その目にははっきりと驚きの色が浮かんでいた。それは、その場にいる男たちの面《おもて》にもあるものだった。

自分の登場が、みなを驚かせたらしいことに真秀も驚いてしまい、思わず顔を背けてしまった。

真秀がそっぽを向いたことで、ようやく真若王もわれに返ったらしい。

「おまえ、真秀か。こいつぁ驚いた。どこの姫かと思ったよ」

そう呟《つぶや》いたが、その声はひどく掠《かす》れていた。よほど、驚いているようだった。

真若王が口をひらいたことで、室内にいた男たちがいっせいに、夢から醒《さ》めたようにザワザワしはじめた。

真秀はかまわず、美知主《みちのうし》だけを目でさがした。

美知主はみなの上座《かみざ》に、一段たかい板を敷いて、座っていた。

鹿皮の敷物のうえに片足を投げだし、掖月《わきづき》に肘をもたせて、ゆったりと座っているさまは、いかにも丹波《たんば》の首長《おびと》らしかった。

美知主と目があって、真秀はぶるっと震えた。

美知主の目にも面にも、真若王と同じように驚きの色が浮かんでいた。しかも、あからさまな激しい怒りを含んでいたのだ。

「不作法《ぶさほう》だぞ、真秀。ここは族人《うからびと》でも、めったに立ちいらぬ真奥の御館《みたち》だ。笞打《むちう》ちではすまぬ罪だぞ」

めったに聞いたことのない厳しい、射ぬくような美知主の声に、真秀は打たれたように立ちつくしたままだった。

王族の姫がまとう染衣《しめごろも》を着ると、気持ちまでやわやわしくなるのだろうか。男たちのたくさんの鋭い目に見つめられて、まだ、血の気が戻ってこない。

「あたしはただ、聞きたいことがあって……」

ようやく口の中で呟いてみたが、美知主は聞こうともせずに、

「まあ、いい。ちょうど、ひとやすみしようと思っていたところだ。みなみな、しばらく座を解こう」

すばやく、みなに目配せした。

男たちは老いた者も若い者も、みな、静かに立ちあがった。

真秀の横を、ぞろぞろと通りすぎて、部屋の外にでていく。

長老たちは眉《まゆ》や髭《ひげ》で、どんな顔をしているのかわからないが、若い者たち――とりわけ息長《おきなが》の若い男たちは、顔いっぱいに、ありありと驚きの色をうかべていた。

よほど、驚いているのか、だらりと顎《あご》が下がったように、口をあけているのは鮒彦《ふなひこ》だった。

それが、あまりにもあからさまなので、真秀はふと不安になった。衣が裏返しになっているか、着方がヘンなのだろうか。

それとも、きれいな衣が、ぜんぜん似合っていないのかもしれない。

ここに駆けこむ前に、池かなにかの水鏡《みずかがみ》にでも、姿を映して、確かめてくれればよかったと、真秀ははげしく悔やんだ。

きっと、この先、何日も、このことをネタにからかうに決まっているのだ。

「水田をはいずり回るのに便利な、橡色《つるばみ》の苧衣《むしぎぬ》がおにあいなのに、美知主にもらった衣が嬉しくて、裏を表に、上を下に着てたのさ。しょせん案山子《かかし》だよ」

と指をさして笑いあう、その言種《いいぐさ》までもが思いうかび、身悶《みもだ》えするほどの悔しさがこみあげてきた。

「なによっ！　これは、あたしが着たんじゃない。従婢《まかたち》が着せたのよ。似合わないのは、従婢のせいよ！」

真秀は顔をまっ赤にして、頭をふりたて、足踏みしてどなった。

その拍子に、頭に飾っていた菱《ひし》の花がひとつ、ふたつ落ちてきて、頬《ほお》に触れ、はかなく肩をすべり落ちていった。

通りすぎる息長の男のひとり、赤足《あかたり》が、我慢できないというようにぷっと吹きだして、部屋を出ていった。恥ずかしさと悔しさで、真秀はますます真っ赤になった。

「ほら、真若も座を解け」

最後までぐずぐずと居残っている真若王に、美知主がおかしそうに声をかけた。

相手が弟王だけあって、長老たちにかける声よりは、よほど優しい。

真若王は首をすくめて出ていこうとして、すれちがいざま、ふいに真秀の腕をとった。

気配を感じて、手を引く暇も与えないほど、そのときの真若王の動作はすばやかった。

そうして、まるで山から伐《き》りだしてきた木を吟味《ぎんみ》するように、じろじろと腕を眺めたあげく、

「せっかくの染衣を着てるのに、腕にも、首にも飾りがないじゃないか。そのうち、いいのをやるぜ。小さい真珠《しらたま》を連ねたような手纏《たまき》を。伊勢《いせ》から貰ってきてやるさ」

そういって、さも楽しげに笑い声をたてて、足音も高く出ていった。

真若王が出ていくやいなや、真秀は裳《も》をたくしあげて、摑《つか》まれたところをごしごしとこすった。思ったよりも強く摑まれていて、摑まれたところが赤くなっていた。

「バカなまねをしたな、真秀」

美知主が立ちあがりながら、ものうげに呟いた。

「真若に目をつけられた。そのうち、あいつはお前を欲しがるぞ」

「なによ、それ。あたしはあいつの従婢になんかならない。あいつのために洗濯したり、炊《かし》き屋《や》で働くのはまっぴらよ」

真秀は肩をそびやかして、いってやった。

そんなことになったら、あいつの衣《きぬ》を洗濯するまえに、足でさんざん踏みつけてやる。米を蒸す甑《こしき》のなかに、ツバを吐きこんでやるから、いい。

美知主は目をみひらき、やがて呆《あき》れたように笑いだした。

「おまえは息長の十歳の女児より、まだ子どもだ。まあ、いい。その衣はどうした。おれが用意したものより、上等だな。何度か袖《そで》をとおした古着とみえるが。それは……」

そういって大股に歩いてきて、袖をとった。

「見おぼえがあると思った。何年かまえ、前《さき》の大王《オオキミ》よりいただいた倭文《しつり》の染衣だ。これは氷葉州姫《ひばすひめ》にやったものだが……」

「氷葉州姫が、あたしを着飾らせたのよ。身ぎれいにした佐保《さほ》の女を見てみたいって」

「佐保の女？」

美知主の面がかすかに曇ったように、真秀には思われたが、かまってはいられなかった。聞きたいこと、いいたいことがたくさんありすぎるのだ。

真秀は、せきこんで、早口にいった。

氷葉州姫の鹿占《しかうら》のことや、ナントカいう異国の巫女《みこ》みたいな女のことなどを。

「始良姫《アイラひめ》に骨卜《ほねうら》をさせたのか。ばかなことを。あの姫は、そんなことを占わせるために預かってるんじゃないのに」

美知主はますます不快げに、眉間《みけん》にしわを寄せた。

真秀とは別に、美知主もまた、なにかに深く、心を囚われているようだった。

しばらくして、美知主は独りごとのように呟いた。

「始良姫が占ったといったか。大王はいずれ佐保の姫を欲しがると。それはたぶん、あの……」

といいかけて、自分をみつめる真秀のふたつの黒い目の激しさに、ようやく気づいたらしく、ぴたりと口をつぐんだ。

美知主は今、あらためて視《み》るというように真秀を眺めた。

美知主の目は、いくつもの戦《いくさ》をのりこえてきた男の目だった。なにを考えているかはもちろん、どこを見ているのかさえ、他人に探りあてさせない、深い目の色をしている。

やがて、丹波の首長は吐息した。

「氷葉州姫は、佐保の女を見てみたいといったのか」

「そうよ。そして確かにいったわ。日子坐《ひこいます》は、佐保の女に、真澄《ますみ》やあたしを生ませたって。ねえ、おしえて。御影《みかげ》は、ヤマトの佐保の者なの？　佐保の一族は、確かにあるのね？」

「そんなことを聞いて、どうする」

「どうするって……」

真秀は口ごもって、唇をかんだ。

どうするといわれて、確かに答えられることはひとつもなかった。ただ知りたいのだと答えても、たぶん、美知主にはわからないだろう。

どういえば、いいのだろう。

母の御影は、五歳の女児のような知恵とことばしか持たぬ神々の愛児《まな》で、真澄もそうだ。目も耳も、言葉も使わない。

たったふたりの肉親を愛して、守りぬけるのは自分だけだという思いと、けれどそれは小さな身にあまる重荷だという不安と、心細さとで、身がちぎれるほどだ。

頼れる者は、ひとりもいない。だれも。自分だけだ。

どこかに、そんな自分を温かく迎えてくれる同族がいると信じられれば、それだけで嬉しいのだと。勇気がでるのだと。

同じ血の絆《きずな》に縋《すが》りつきたい、さみしい、心細い気持ちをどうやって伝えられるだろう。

息長豪族《ごうぞく》の第一の王子、丹波の国までも統《す》べり、今、娘姫をヤマトの大王の妃にまでしようという権勢も、たくさんの親族も、あたたかい御館《みたち》も、稔《みの》りの土地も、なにもかももっている美知主に、わかれというほうが無理なのだ。

すでに宴《うたげ》のために、きれいに眉を描き、化粧している美知主の浅黒い顔を見ているうちに、真秀の目に、ふいに涙がもりあがってきた。

「あんたにはわからないわ。わからなくても当たりまえだから、いいわ。でも、あたしはさみしいのよ、美知主」

思わずのように、その言葉が口からすべり落ちた。

そのとたん、心の奥でかたく結んでいた緒《お》が、するすると解《ほど》けてしまったようだった。

自分でも驚くほど突然に、涙が噴きこぼれてくる。

泣き顔をみせないために、真秀《まほ》は両腕で顔を覆《おお》って、その場にしゃがみこんだ。

「あたしはさみしいのよ。真澄といれば平気。でも、あたしは水田で働いたり、川で洗濯したりしなきゃならないから、いつも一緒でいられないわ。それに御影だって。御影は病気よ。血が流れつづける業病《ごうびょう》よ」

いいながら、息長の邑《むら》で、ひとり淋しく放っておかれ、藁《わら》に埋もれて、苦しそうに呻《うめ》いている御影のすがたが、目に浮かび、胸が苦しくなってきた。

もう、涙が溢《あふ》れて止まらなくなっていた。

真秀は顔を膝に埋めて、すすり泣いた。

「どうして、御影ばかりがそんな目にあうの。御影は神々に愛される愛児《まな》よ。でも、そんなのは、うそ。神々は御影につらく当たられすぎるわ。日子坐に捨てられて、病《やまい》になって……。真澄は優しいけど、あたしはまだこんな小さいし、せめて、真澄ともう少し年が近かったら、あたしだって、あたしだって、もう少し、いろんなことができて……」

「おまえは考えすぎる、真秀」

　思いのほか近いところから、美知主の声がきこえてきた。

　驚いて顔をあげると、目のまえに美知主の顔があった。美知主は膝をついて、真秀の顔を覗《のぞ》きこんでいた。

「あれも、これもしようと思いつめすぎる。息長の生活は辛《つら》いか。無理はさせないよう、真若には言いつけてあるはずだが、族《うから》の者が、かげに隠れて悪さをするか」

「そんなんじゃないわ。みんな、からかうけど、石は投げないわ。笞《むち》でぶたないし。もう、湖《ウミ》に放りこんだりもしない。そんなんじゃない」

　これまでずっと虚勢をはり、弱みを見せず、からかわれても、すかさず言い返してきた気強さは、零《こぼ》れおちる涙といっしょに、消えてしまったようだった。

　真秀は悔しいやら、哀しいやらで、しゃくりあげながら泣き続けた。

　絶対に、息長の連中のまえでは見せまいと誓っていた泣き顔をさらけだし、絶対に、口に出すまいと決めてきた〝さみしい〟という気持ちも、すべてをあからさまにしてしまった。

　真秀は自分がいま、身を覆う毛を剝《む》かれた兎《うさぎ》みたいに、惨《みじ》めで、哀れだと感じていた。惨めで、哀れで、みすぼらしいと。そう思うのは、身を切られるように辛かった。

「あたしは、美知主、ただ、さみしいのよ。さみしいのよ、すごく。すごく」

「そんなことは、今まで、そぶりにも見せなかったじゃないか」

「いったって、しょうがないわ。へたに、自分の心の中ででも、いえないわ。真澄が気がついて……」

さすがの真秀も、はっとして言葉を呑《の》み、ぎゅっと唇をひき結んだ。

これだけは、どうしてもいってはいけない。兄の真澄は、真秀が心で思っていることを読むのだと。真澄の霊力《ちから》で、ふたりはいつも交感できるのだと。

それをいったら、真澄と引き離されてしまう。

真澄と引き離されてしまうという恐怖は、真秀が思いつく、どんな恐ろしい運命よりも、まだ恐ろしかった。

真澄がいなければ、もう自分を強く支えるものも失われてしまう。さみしさに負けまいとする勇気も、誇りも、なにもかも無くしてしまう。

「息長《おきなが》がいやなら、この国にくるか。真秀」

美知主の声は、今まで聞いたことがないほど優しかった。

わずかな灯《あかり》に依《よ》りつく夏虫のように、その優しさに縋りそうになるのを、真秀は必死でこらえて、激しく頭《かぶり》をふった。

この国にきても、やっぱり河上《かわかみ》の一族は、真秀たちをヨソ者として扱うだろう。美知主が後ろにいて、父親がヤマトの大豪族の首長《おびと》だから、飢《う》える心配はないかもしれない。仕事も、もっと楽になるかもしれない。

でも、ここは丹波《たんば》の、河上一族の国なのだ。

そうして、あたしたちは河上の同族ではない。でも、佐保《さほ》なら……──

「……佐保にいきたい！」

心の底から湧きあがってくるものに突き動かされるように、真秀はさけんだ。

「きっと、佐保なら、あたしたちを迎えてくれるわ。佐保の邑でも、奴婢《ぬひ》だというのならそれでもいい。どんなつらい仕事でも、平気。なれてるもん。あたしはいくらでも働くわ。そこは御影の古里《ふるさと》だもの。畦道《あぜみち》をあるく男たちも、麻を績《う》む女たちも、みんな同じ血をもつ者よ。同じ血はよびあうわ。温かいものを通わすわ。佐保にいきたい！」

はなみずを啜《すす》りあげ、しゃくりあげながら、真秀は思いのたけをぶちまけた。

「……同じ血はよびあうか。いやなことをいう」

ふいに、美知主が立ちあがり、真秀のそばを離れる気配がした。

しばらくして涙もとまり、昂《たかぶ》っていた気持ちが静まってくるにつれて、室内をゆっくりと歩きまわる美知主のひそやかな足音が、耳をうつ。

顔をあげると、美知主《みちのうし》はひっそりと部屋を巡り歩いていた。

真秀は思いきって立ちあがった。

よほど長いことしゃがみこんでいたのか、膝がすこし痛かった。

美しい倭文《しつり》の衣袖《きぬそで》で、ぐいと頬《ほお》の涙のあとを拭《ぬぐ》ってから、真秀はきっぱりといった。

「佐保のことを教えて、美知主」

「おまえ、角鹿《つぬが》の湊《みなと》のちかくに、潮吹《しおふき》の岩場があるのを知ってるか？」

美知主は窓べで立ちどまり、ふいにふり返った。

「え……？」

「岩がいくつも入りくんだ岩場がある。その底を海水が流れている。潮の満《み》ち干《ひ》で、とんでもないときに、海から離れた岩場で、海水が吹きだすんだ。おまえは、あれに似ている。めったに泣かないくせに、泣くとなると、場所も時もおかまいなしだ。水量はといえば、底なしだ」

「もう、泣かないわ」

そういったものの、泣きすぎたせいで声が喉《のど》にからみ、踏みつぶされた蛙《かえる》のような声しかでない。

（踏みつぶされた蛙……）

と思ったとたん、なぜだかおかしくなってきて、ぷっと吹きだしてしまった。われながら、おかしな心の動きで、泣きすぎたせいで頭も胸もカラカラになり、すこし頭がヘンになっているのかもしれない。

「まだまだ子どもだ。あれほど泣いたあげくに、自分で笑ってる」

それでも、そういう美知主は見るからにホッとしたようで、ふと、腰紐にはさんであった白い手巾《たのごい》の飾り布を、放ってよこした。

足元におちたそれを拾うと、麻と思ったのと違って、絹だった。

「あとで、水にひたして頬を押さえておけ。虻《あぶ》に刺されたみたいに、顔が腫《は》れてるぞ。そんな顔では、佐保の連中は同族とは認めないな。あそこはみな、美しい者ばかりだ」

佐保の名がでて、真秀ははっとして顔をあげた。

美知主は窓に肘をつけて、顔を窓の外にむけていた。なにか不快なことを思いだしているような顔つきをしている。

「……氷葉州姫《ひばすひめ》も、そういってたわ。男も女も、美しいって」

「そう、美しい一族だ。黥《いれずみ》をさしているわけでもないのに、目のまわりが黒々と隈《くま》どられているようだ。肌は晒《さら》した絹より、まだ白い。肌の下を流れる赤い血が、透けてみえるかと思うほどだ。清らかな佐保川《さほがわ》の水や、顔を洗うときの泥がいいという話もあるが、たぶん血の悪戯《いたずら》だろう」

「血のいたずら……？」

「あそこはもう二百年も昔から、同族としか結婚しない。一滴も、他の血をいれてない。いくらなんでも、血が濃すぎるさ」

「血が……濃い？」

「ああ。だが、美しい。男も女も、秋には金色の稲穂《いなほ》が波うつ佐保郷《さほのさと》も。あれは、古いヤマトの神々が、とおい昔を懐かしむために残してある一族かもしれない」

「古いヤマトの神々……。氷葉州姫もいってたわ。佐保は古いヤマトの一族だって……」

そうはいっても、それがどういう意味かなど、真秀《まほ》にわかるはずもなかった。

真秀はじれったくなって、手にしていた絹の手巾《たのごい》をいじくった。

美知主はふり返って、目を細めた。

「おまえは、息長の邑《むら》の近くで、よく韓土《から》わたりの工人《たくみ》を見かけるだろう。どうだ、異国の連中は嫌いか？」

「……嫌いじゃない」

美知主がなにをいいだすのか計りかねて、それでも真秀は素直にこたえた。

たしかに息長の邑の東のほう、伊吹山《いぶきやま》の麓《ふもと》に、鍛冶《かぬち》の工人たちの大きな集落がある。工人らは、みな異国からの渡来人《とらいじん》だ。

そこでは夜ごと、山おろしの風を使って大吹子《おおふいご》をふき、鉄を練《ね》るという。

ときおり、夜の山のむこうがカッと赤く光るのが、息長の邑からも見える。鉄作りでは、ときどき、すさまじい光を発するらしいのだ。

そんな怪しい光につつまれて、刀や鏃《やじり》、槍穂《やりほ》をつくる工人たちを、息長の連中はみな、大事にしていた。

蹈鞴《たたら》を踏みすぎて片足をわるくした者や、竈《かまど》で煮えたぎる鉄をみつづけて片目をダメにした者は、とりわけ敬《うやま》った。彼らは、鉄の神に身をささげた、すぐれた工人なのだ。

工人の長《おさ》たちはときどき息長の邑にやってくるが、真若王《まわかおう》たちは丁重《ていちょう》に扱う。酒をふるまい、宴《うたげ》を催《もよお》すこともある。

そんなときでも、工人の長たちは媚《こ》びへつらう真似《まね》はしない。堂々としている。息長豪《ごう》族《ぞく》の首長たちを前にしても、怯《おび》えたように跪《ひざまず》いたりはしないのだ。

そんな姿をみるたびに、真秀は憧れのようなものを感じていた。

彼らは、言葉や習俗《しゅうぞく》は違っても、誇り高く生きている者たちだった。生まれ育った国を離れて、ヤマトに来ているのに、みな、なんて堂々としていることか。

彼らの姿をみかけるたびに、あんなふうに生きたいと思うのだった。

「みんな、知恵や、ふしぎな手技《てわざ》をもっているわ。だから、へこへこしなくても生きていけるのよ。あの人たちは、ひとりひとりが自分の王よ。だれかの奴婢《ぬひ》じゃない」

「そうだ。息長は、やつらが作る刀や鏃《やじり》に、たくさん助けられて戦ってきた。渡来の連中の力をかりてるのは、息長だけじゃない。この丹波《たんば》でもそうだ。となりの但馬《たじま》なんぞ、半分は異国人だ。韓土や大陸や、南の島々からの移住者や……」

美知主は窓の外に、目を放ったままだった。

真秀はふと、美知主の目のむこうに、はるかに波うつ青海《あおみ》の大原《おおはら》がひろがっているような気がした。

彼の目は、はるか遠くを見はるかすように輝き、いとおしむように笑んでいた。

「――この秋津島《あきつしま》はふしぎなクニだな。東の果てのクニだ。海潮《うみしお》の流れが、すべてこのクニに流れつくようになっている。西からも、南からも人々が流れつく、最後のクニかもしれないな、このヤマトは。三輪《みわ》の大王《オオキミ》一族も、もとからヤマトに住まわれていたわけじゃない」

「知ってるわ。筑紫《つくし》のほうから来たのよ」

「まあ、それはそうだが、どうかな。その前は韓土か、そのむこうの呉《くれ》か、あるいは北の粛慎《みしはせ》か……。大王ご自身、どこの国から流れついたともしれない、流れ者の末裔《まつえい》だ。それでいいんだ。このヤマトにみちるクニびとは、みな、海を渡ってやってきたのだと思えばいいんだ。おまえは、丹波にくるとき、角鹿《つぬが》の湊をみただろう」

「みたわ」

と真秀はこくんと頷《うなず》いた。

角鹿の湊のことはよく聞くけれど、みたのは初めてだった。

ゆるやかな湾《わん》に入りこんだ海は穏やかで、入江の底もきれいで、よい湊だった。船着き場にはたくさんの船が繋留《けいりゅう》され、うつくしい船首《ふなくび》をならべていた。

丹《に》を塗った赤い異国の船もいくつかあり、波止場《はとば》でいそがしげに働く人夫たちは、言《こと》さやぐ異国のことばを、小鳥のように、楽しげに囀《さえず》っていた。

人夫や水夫《かこ》たちが食べる雑穀《ざっこく》を煮たこうばしい匂《にお》いや、干した魚の匂い。

その魚をねらう海鳥たちのなき声が空にみち、男たちに色っぽい目つきで笑いかける海女《あま》たちもキビキビとたち働き、角鹿の浜辺は活気づいていた。

湖《ウミ》のある息長の邑も、たいそう賑《にぎ》わっているけれど、やはり内陸の領地《クニ》だ。

異国にむけて広がっている海辺の地には、はろばろと、身も心も解き放たれるような、かろやかさと猥雑《わいざつ》さがあった。

「あの角鹿の海辺には、波に運ばれた流木や、韓土の壺《つぼ》や、掖玖《やく》の木の実や、人魚や海竜の死体や……──そんなものでいっぱいだ。潮の流れが、千里《せんり》の海原《うなばら》をこえて、いろんなものを運んでくる」

「……うん？」

「ヤマトのクニびとも、それと同じようなものだ、真秀。人々は、浜辺に流れつく木の実のように、潮の流れにのって、このクニに流れつき、住みつき、増えていったんだ。本国で食いつめたか、罪を問われそうになって逃げてきたか。未知の群島《むらしま》でひと稼《かせ》ぎしようと企《たくら》んだか……。どっちにしろ、もとを辿《たど》ったところで、褒《ほ》められた育ちでもあるまい」

そういって、美知主はくすっと楽しげに笑った。

その声は穏やかで、まるで、とおい海のむこうの国々を夢みているようだった。

支え棒で板戸をあけてある小窓から、明るい日差しが入りこんでくる。

宙をふわふわ飛んでいる、ふだんは目に見えないような小さな粒が、光のかげんできらっと光ってみえる。

御館《みたち》を囲んでいる木々の梢《こずえ》のほうから、呼子鳥《よぶこどり》ににた鳴き声がする。

氷葉州姫の小さな御館をとびだし、ここに駆けこんでから初めて、真秀はこの御館をつつむ、ゆったりとした静けさを感じて、少しずつ心が落ちついてきた。

それはもしかしたら、美知主の語る夢のような物語のせいかもしれない。このヤマトのクニびとはみな、海辺に流れついたガラクタや、海獣の死骸《しがい》と同じようなものだという、ふしぎな話の。

それは、水の民、海人の息長《おきなが》族にふさわしい伝説のように、真秀は思われる。

ヤマトのクニびとはみんな海の波穂《なみほ》をふみ、海原を渡ってやってきた流れ者どうしなのだと夢みるのは、たとえようもなく楽しい。

奴婢も王族もない、みな、流れついた者なのだと思えるのは。

「みんな、モトをたどれば、食いつめ者や罪人なの？　大王《オオキミ》も、豪族も……？」

信じられないことだと思いながら、真秀はおずおずと尋ねた。

美知主は背をそらして、愉快そうに笑った。

「そうだ、みな、流れ者さ。そう思えばいい。本国から、それぞれが祀《まつ》る神々ごと、このヤマトに流れついた木《こ》っ端《ぱ》のような民なのさ、おれたちは。それでいい。なつかしい祖先の神々を祀りながら、このヤマトの国《くに》つ神《かみ》とも仲良くして、新しいクニ、新しいヤマトをつくっていけばいいいんだ。なのに、佐保《さほ》の一族は、そう思っていない」

「……佐保は、変わりものの一族なの？」

「いや、ただの古い一族だ。三輪の大王が、ヤマト入りなさるずっと前から、ヤマトの春日《かすが》という土地にすんで、春日の神と、早穂《さほ》の神を祀っていた。そうして、つぎつぎと流れこんでくる異国の者や、ちがう部族には気を許そうとしない」

「でも、どこの部族だって、そうだわ。息長だって、息長が一番だと思ってる」

「むろん、そうだ。だが、佐保は……」

美知主《みちのうし》はいいよどみ、いいよどんだ自分に苛立《いらだ》つように眉《まゆ》をひそめた。

真秀は思わず駆けよって、美知主の腕をつかんだ。

「どうして教えてくれないの？　あんたはなにかを隠してる！　あたしは知りたいのよ。知りたいのよ。どうして、あたしたちは息長にいなきゃならないの。ほんとは佐保の血の者なのに」

いうほどに、また気が昂《たかぶ》ってきて、真秀はつかんだ美知主の腕を激しくゆらして、さけんだ。

「息長なんか嫌いだ。みんな、あたしたち母子をヨソ者だと思ってるのよ。あたしたちのこと、やっかい者だと思ってる。でも、和邇《わに》の日子坐《ひこいます》とかいうジジィが父親だから、みんな、日子坐がこわいから、あたしたちをしぶしぶ養ってるのよっ」

「ずいぶん、いいたい放題、吹いてくれるじゃないかよ、真秀」

ふいに背後から野太い声がして、それは真若王の声だった。

ふり返ると、真若王が戸口によりかかり、片足を壁にかけて笑っている。目があうと、玉簾《たますだれ》のひとすじを手にとり、からかうように真秀のほうにふってみせた。

「どうした、真若。まだ、呼んでないぞ」

鋭く問う美知主に、真若王はひょいと肩をすくめてみせた。

「和邇の一行の先発隊が、たった今、着いた。女たちが、酒や食い物でねぎらってるところさ。日子坐の輿《こし》は、陽が落ちるころには着くそうだ」

「そうか」

美知主は短くいって、にわかに、きびきびとした態度になった。

しがみついている真秀を突きはなし、上衣《うえぎぬ》の合わせから胸に手をいれて、小袋をとりだして、板床にぽんと放った。

「血凝《ちごり》だ、もっていけ。どうせ宴《うたげ》には出たくないんだろう。そんな薄衣《うすぎぬ》でふらふら歩いていても邪魔なだけだ、さっさと小屋に戻って、帰りじたくでもしてろ。明日の朝、ひと足さきに男たちをつけて、息長に帰らせてやる」

美知主が面倒くさげにいうのもろくに聞かず、真秀はとびつくように小袋を拾いあげた。

両手で小袋をぎゅっと握ってから、そうっと、染衣《しめごろも》の合わせから胸にすべりこませて、染衣の上から、そっと胸のところを押さえてみる。

すべりこませた小袋の厚みが、確かに手の平に感じられ、ほっと安堵《あんど》のため息をもらした。そうだ、なによりもまず、これが欲しかったのだ。そのために来たのだった。

ふいに、真若王が声をあげて笑った。

「小さな、丸い椀《まり》のような胸の谷間に、隠したか。やれやれ、さてもなりたや、その小袋に、といったところだな、おい」

「なによ、それは」

真秀《まほ》はキッとなって、真若王を睨《にら》みつけた。

美知主に泣き顔を見られたのまでは仕方ない、でも、もしかしたら、真若王がもの陰にでも隠れて、今の話をきいていたのではないだろうか。

そう思うと、またも悔しさで頬《ほお》が熱くなってくる。

美知主なら、まだ我慢しても、真若王やほかの息長の男たちに弱みを見せることだけは、したくなかった。

「ふん。真秀、きいてなかったのか？　おまえの親父《おやじ》どのの日子坐王が、宴にくるんだぜ。美知主が薬でつって、おまえをよびつけたのは、木陰からでも、父親をひとめ見せてやろうって、ありがたい心遣いだろうに。礼ぐらい、いったらどうだ」

「え……？」

真秀は驚いて、美知主に目をはしらせた。

美知主はうるさい早蠅《さばえ》を厭《いと》うように、手をふって、上座に腰をおろした。

「くだらんことをいうな、真若。真秀、さっさと小屋にもどれ。別に日子坐に会わせるために、おまえを呼んだわけじゃない。ひとめ見ておきたいというのなら、止めはしないがな」

「そうそう。父王《ちちおう》ももう、お若いとはいえない。こういう宴でもなければ、わざわざ国外《クニそと》にでてこないからな。今夜を逃せば、もう影も見られんぜ」

と真若王がちゃかすように、いい添えた。

「あたしは……」

真秀はすっかり面食らって、美知主と真若王をかわるがわる見比べた。

（あたしに、日子坐を見せてやろうとして、あたしをよんだの、美知主は。でも、そんなことは、ひとっことも……）

でも、いわれてみれば、確かに最初からヘンだった。

宴にあわせて呼びつけるのはまだしも、宴にでなければ薬をやらないと焦らすのは、美知主のやり方ではなかった。

薬があれば、出し惜しみせずに放ってよこす。

なければ、期待を抱かせるようなことはしないで拒《こば》む。それが、美知主のやり方なのだ。

薬をエサに宴にださせようとしたのは、真若王のいうとおり、遠目からでも、日子坐を見せてやろうという親切心からだったのだろうか。

「美知主、あたし、知らなかったわ。でも、あたしは日子坐なんか、どうでも……。それよりは佐保のことを……」

真若王がいるせいで、さっきの続きのように、しつこく佐保のことを聞くのも憚《はばか》られて、真秀は言葉をにごした。

美知主が不快げに眉をよせて、

「さっさと小屋にもどってろ、真秀」

と鋭く命じるのと、真若王が笑いだすのは同時だった。

「教えてやってはどうだい、兄さん。あんなに泣いて、縋《すが》って、かわいいもんじゃないか。え？」

そういって、ずかずかと室内に入りこみ、ふいに、後ろから真秀を抱きすくめた。

「教えてやろうか、おれが。佐保のことを」

さっきの泣きごとを、やっぱり見られていたという恥ずかしさで、カッと体じゅうが燃えるようで、真若王の腕に嚙《か》みついてやろうと口をあけかけていた真秀は、そのまま、体をねじってふり返った。

「あんたも知ってるの？　佐保のことを」

「おれは兄さんのように、そうたびたび畿内《くにうち》にいくわけじゃない。だから、佐保の連中を見たことはないがね。どういう一族かは、よーく知ってる。ヤマトの豪族《ごうぞく》のジイさん連中も、よく噂《うわさ》してるからな。さっきの寄合《よりあい》でも話題になった。おれたちも、佐保には興味があるんだ。そうだろ、兄さん」

「――一族をひきいる首長《おびと》というものは」

と美知主は静かな、乾いた声でいった。

「うかつな軽口はたたかぬものだ、真若。それが命とりになって、一族を失うこともある」

とたんに真若王の頰が、カッと赤くなった。彼は腕をといて、真秀をつき離した。

まだ首長の座について日があさい真若王には、首長にふさわしくないと非難されるのが、一番、身にこたえるのだ。

「チッ。兄さんはいつもそうだ。知ってることでも、必要がなけりゃ、絶対に洩《も》らさない。おれも今まで知らなかったぜ。御影《みかげ》が、佐保の女だというのはな。それでわかったよ。御影はたぶん、佐保を追放されたんだろ、兄さん」

真若王はふてくされたように、解《ほど》けかけた角髪《みずら》を耳にはさんだ。

「ついほう……」

呆気《あっけ》にとられて呟《つぶや》いた真秀に、くるりと向きなおって、真若王はにやりと歯をみせて笑った。

「きっと、そうだぜ。なんせ、あそこは他族の血を嫌ってる。よその部族の男を通わせたとなりゃ、大騒ぎするっていうからな。春日《かすが》の神々に許しをえるために、毎晩、祓《はら》いをする。男を通わせた女をさんざん責めて、二度と会わないと約束しないと追いだすって噂だ」

「追いだす……?」

「まして、御影の男は、和邇《わに》の日子坐だ。一族じゅうが怒りくるって、御影を追いだしたって、おれは驚かないね。まあ、あとは兄さんを泣きおとして聞くんだな。美知主はおまえに甘いから、かわいい泣き顔でせがめば、教えてくれるぜ」

投げ捨てるようにいって、それでもやはり兄の美知主がこわいのか、さっと部屋をでていった。

玉簾《たますだれ》がゆらゆらと揺れてぶつかり、はかない音をたてた。

「困ったやつだ、あいつは。いつまでも子どものように、考えがたりない」

美知主は掖月《わきづき》をひきよせながら、唸《うな》った。

そうして、嫌な仕事を一刻もはやく片づけようとばかり、真秀に目をあてて、そっけなくいった。

「真若がいったことは大袈裟《おおげさ》すぎる。だが、にたようなものだな。佐保の一族は、自分たちの一族しか愛さないし、信じない。他の部族の男を通わせた女は、それだけで爪《つま》はじきにされる」

「爪はじき……？」

「御影が父親のわからない真澄《ますみ》をうみおとしたときも、けっこう騒ぎになったがな。まあ、御影はああいう女だ。神々に愛された者を、強く責めることもできない。しかし、また、おまえを孕《はら》んで、しかも父親が日子坐だとしれたときは……」

「御影はそれで、佐保の邑《むら》を……追放されたの……？」

怯《おび》えたようにいう真秀の目を、美知主はしっかりと見すえて、頷《うなず》いた。

「おまえは知らないだろうが、佐保郷《さほのさと》と、和邇豪族の本拠地、和邇庄《わにのしょう》はごく近いんだ。それだけに佐保は、和邇の動きには気を尖らせている。和邇はあまりに大きな豪族だ。うかうかしていたら、佐保をのみこまれると警戒してるんだろう。ほかの部族の男なら、まだ許された。だが、日子坐はだめだ。佐保を裏切って、和邇一族についたと思われてもしょうがない」

「で、でも、御影が日子坐をすすんで通わせたはずはないわ。御影は、五つの女児とおんなじよ。自分じゃ、なにもわからないわ。男に恋するはずもないわ。御影はきれいだから、きっと、日子坐のジジィがきまぐれで、むりやり……」

「そうかもしれない。たぶんな」

美知主は目をそらして、苦々しげに呟いた。

「だが、どっちでもおなじだ。御影は日子坐の子を生んだ。ひとりばかりか、ふたりめまで孕んだ。それで追放されて、いくところもなくウロついてるのが憐《あわ》れで、おれが拾ってやったんだ。さあ、もうわかっただろう。小屋にもどれ」

「だけど、御影は……」

「聞こえなかったのか。もどれといったんだ」

ぴしゃりと撥《は》ねつけるようにいう美知主の声には、これ以上、なにをいっても無駄だと真秀に悟らせるだけのものがあった。

しょんぼりと玉簾をかきあげたとき、美知主の苛立《いらだ》たしげな声がとんできた。

「そんな薄衣《うすぎぬ》をきて、邑をうろうろするな。とりわけ息長《おきなが》の男たちの前を歩くな。あとで手痛いめにあうぞ」

「いくら、からかわれたって平気よっ！」

真秀は大声でいい返して、部屋をとびだした。

階《きざはし》の下にいた衛兵の男たちが、びっくりしているのが目のはしで見えたが、かまわず走り抜けた。

この御館《みたち》めざして走ってきたときは、期待で体じゅうがどきどき脈打っていた。御影の一族、自分たちの母族が確かにあるのだと知って。

なのにどうして、御影がその一族から追放されたという酷《ひど》い、信じられない話を聞かされて、惨《みじ》めに逃げださなければならないのか。

(御影がちがう部族の男を通わせたから……。和邇の日子坐の子を生んだから、一族に追放されたっていうの!?　御影が日子坐に恋したはずはないのに。きっと、日子坐に騙《だま》されて、いうなりになっただけなのに。どうして、そんな……!)

もし、それがほんとうなら、佐保の一族は厳しい掟《おきて》と、激しい憎しみに彩《いろど》られた、野蛮《やばん》な一族だ。激しい一族だ。

御影を追放したくらいだから、この先も、和邇の血をひく真秀や真澄をうけいれることはないだろう。決して。

走りつづける真秀の目に、またも涙が浮かんできた。

(違う!　和迩の父親をもったのは、あたしたちのせいじゃない!　和迩の日子坐なんか、あたしたちに何もしてくれなかった。御影《みかげ》やあたしたちを捨てた男よ。あたしは、見たこともないわ。なのに、そんな男のために、御影やあたしたちを追放するの、佐保《さほ》は!?）

どこをどう走っているのかもわからず、ふいに、木の根に足をとられて、真秀《まほ》はつんのめるように転んだ。

勢いをつけて走っていたので激しく転んでしまい、膝を痛めてしまった。

真秀はその場にすわりこみ、膝を抱いて泣きだした。

（真澄。あたしたちには同族がいたわ。でも、そこにも帰れないのよ！）

だれにいうこともできず、苦しい思いをぶちまけるように、心の中でさけんだ。

そのとたん、聞きなれた——というよりも感じなれた真澄の声が、風をきるように真秀の心の真奥《まおく》に飛びこんできた。

（真秀、どうしたんだ。泣いてるね。真秀が泣いてるのがわかる。どこにいるんだ。どうして泣いてるの。ぼくの声がきこえる？　返事をして）

真澄ははっとして顔をあげ、あたりを見まわした。

あたりには、すっきりと伸びた樫《かし》や櫟《くぬぎ》の木があるばかり、濃い、緑の匂《にお》いが漂うばかりで、真澄の姿はどこにもなかった。

ただ真澄の心の声だけが、まっすぐに心に飛びこんできたのだ。

今まではいつも、触れるほど近くにいたから、声が感じられた。

でも、真澄の姿も見えないのに、これほど澄みわたった声をはっきりと聞くのは、初めてだった。

そうして、姿が見えないのに、これほど真澄を身近に感じたのも初めてだった。まるで、真澄の腕が、すぐそばにあるように感じられる。

(真澄しかいないんだわ、あたしには……)

真秀はふいに、そう思った。

佐保の一族のことを知ったのも束《つか》の間《ま》、その一族はけっして自分たちを喜んで迎えないだろうと知らされた。

御影を追放したくらいだから、あたしたちを同族とは認めないのだ。あたしと真澄はほんとうに、ただふたりきりの兄妹なのだ。

そう思いつめることで、真澄の声がますます澄みやかに、はっきりと聞こえるようになったのだろうか。真澄がすぐとなりにいて、慰めてくれていると感じられるほどに。

真秀はきゅっと固く唇をかんで、立ちあがった。

(真澄、あたし、転んだのよ。膝を痛めて、それで泣いてたの。あたしの声がきこえる？今、どこ？)

（小屋にもどってる。女の人が、食べ物をたくさん持たせてくれた。早く帰っておいで、早く。真秀の顔にふれたい）

そういう真澄の声は、ひどく心配そうだった。

人を疑うことをしない真澄の性癖《せいへき》が、転んだという真秀の言葉をそのまま信じさせ、けれども、それ以外のなにかがあることをも鋭く感じとっているようだった。

（すぐ戻るわ、すぐ）

そういう自分の心の声が、なるべく明るいものであってほしいと願いながら、真秀はぐいと腕で顔をこすった。

泣きあとが残っていたら、真澄に触れられたときに、不審に思われてしまう。

真澄には、心配をかけちゃいけない。

（忘れるわ、佐保の一族のことは）

つよくそう思いながら、真秀は真澄の待つ小屋に急いだ。あたしには真澄がいる。それだけでいいんだ。佐保のことは、聞かなかったことにすればいい……――

けれど、忘れようとするには、あまりにも深く、佐保の名は心に刻まれていた。

もう、どんな手立てをつくしても消えないだろうことは、だれよりも真秀が、一番よく知っていた。

6　戦《いくさ》の民・和邇《わに》

河上《かわかみ》の宴《うたげ》は、月がゆっくりと山の頂《いただき》をめざして昇りだしたときから、はじまった。

招《よ》ばれていた旅の楽人たちが、邑《むら》の広場の篝火《かがりび》のちかくに、座りこむ。

さらにその周囲を、河上の族人《うからびと》たちが、二重三重にとりまいて座る。

鹿皮をはった太鼓《たいこ》や鉄鼓《てっこ》が、手や撥《ばち》でかろやかに叩かれ、その音にからみつくように、竹笛や骨笛が鳴りひびき、風を震わせる。

それに合わせて、あちこちから手拍子が湧きあがる。笑い声や歌声が、津波のように邑じゅうをゆるがしてゆく。

女たちはみな奇麗《きれい》に着かざり、髪には黄や白の花を飾り、男たちの脇腹をついてみせたり、そのくせ、伸びてくる男の腕をすりぬけて、女どうしで目配せをしあう。

醸酒《かもざけ》や、にごり酒の饐《す》えた匂《にお》いが溢《あふ》れかえり、獣肉を炙《あぶ》る白いけむりが、狼煙《のろし》のようにたなびいてゆく。

篝火や、あちこちの木に吊るされた火籠《ひかご》の薪《たきぎ》は、火の粉をふいて燃えさかり、夜の闇をおし返している。

この河上の邑だけは、今夜、夜も避けて通るかに思われるほどだった。

邑からすこし離れた小高い丘にたつと、邑全体が笑い崩れてみえる。

(早く息長《おきなが》に帰りたい。もう血凝《ちごり》も手にいれたもん)

大きな櫟《くぬぎ》の木によりかかり、真秀《まほ》は目を瞑《つぶ》って吐息した。

目を瞑っていても、まだ丘下の邑から立ちのぼる笑い声や、酔い声が聞こえてくるようで、頭の芯がずきずきする。

もともと、宴になど興味はなかった。

それでも夕闇が邑にしのびこみ、宴を楽しみにしている族人たちの弾んだ声がとびかうにつれて、なんとなく落ちつかない気持ちだった。

佐保《さほ》のことを聞いたり、日子坐《ひこいます》がくると知らされたりして、しらずしらずのうちに気が昂《たかぶ》っていたのかもしれない。

宴も、日子坐も関わりのない真澄《ますみ》は、とうに、すうすうと寝息をたてて寝てしまっていた。海旅の疲れがでたようだった。

そこに、息長の男のひとり、さっき御館《みたち》の広間にもいた鮒彦《ふなひこ》が、ひょいと顔をのぞかせ

て、

「おい、真秀。宴にでないのか」

と誘ってきたのだ。

いつも真若王《まわかおう》の威《い》をカサにきて、真秀たち兄妹をからかう筆頭のヤツだった。

また、からかうのかと身構えたものの、鮒彦はいつもとは違って、いやに親切げな笑みを浮かべていた。

「ほら、こんな野薔薇《うまら》が路《みち》っぱたに咲いてたぜ。いい匂いだろう」

驚いたことに、背に回していた手をつきだした。持っていたのは淡紅色《うすべにいろ》の、かわいい野薔薇だった。

「え？　なに、くれるの、あたしに？」

びっくりして手をだしかねていると、鮒彦はつかつかと小屋に入ってきて、真秀の手に野薔薇をもたせて、そのまま手をひっぱった。

「さ、宴が始まるぜ。はやく、こいよ」

「いやよ。真澄が寝てるし、あたしは……」

そうやって揉《も》めているところに、今度はまた、別の息長の男、赤足《あかたり》がやってきた。鮒彦をみると、とたんに顔をひきつらせて、

「なんだ、おまえ。先にきてたのか」

「おまえこそ、なんだ。カラ手で誘うつもりか」

互いに腰を落として、一歩もひかぬ気配を見せるではないか。

ふたりとも、いつもいつも、真秀の見えないところで真澄をこづいたり、真秀にも口汚い罵《ののし》りを浴びせる男たちだったから、あまりの変わり身に、真秀はぽかんとしてしまった。

いったい、なにごとが起こったんだ。

気配を感じたのか、眠っていた真澄が寝返りを打ったので、あわてて、

「あんたたち、でてってよ。真澄が起きるじゃないの。あたしは宴になんかでないわ」

いつものように声をはりあげた。

ふたりはムッとしたようだったが、いつものように捨てゼリフを投げつけたり、唾《つば》を吐いたりはしなかった。それどころか、

「まあ、そのうち気が変わったら出てこい。いいか、河上の男には気をつけろ。声をかけられても返事をするなよ」

妙なことを念押しして、しぶしぶのように出ていった。

(なんなんだ、あいつら)

わけがわからず、膝を抱えていたところ、しばらくして、へんな気配がする。

薦《こも》のかげから外を覗《のぞ》くと、今度は、息長の乙牛《おとうし》が口笛をふきながら、小屋にむかって歩いてくるのが見えた。手に椎《しい》の葉かなにかで包んだ、小さな包みをもっている。

(また宴に誘うんだろうか)

すっかりウンザリした真秀は、真澄がよく寝ているのを幸い、戸口と反対側にある小窓から、そっと逃げだしてしまった。

けれど、邑はもうごった返していて、へたに歩いていると、だれかと肩がぶつかりそうで、事実、肩をぶつけた河上の男がムッとしてふり返り、

「え？　おまえ、見かけない顔だけど……」

といったきり、吸いつくような目で真秀を眺めつづける。

あと一歩、その場を逃げだすのが遅れたら、強引に腕をとられて、宴の輪にひっぱりこまれそうな気配だった。

そういったなにもかもが鬱陶《うっとう》しくて、いっそ宴から離れたところにいようと、ふと目についた丘を登ってきたのだった。

息長の男たちが急に親切になったのは、きっと、いい衣《きぬ》を着てるからに違いないのだ。それだけはわかる。でも、そんなことで親切にされても嬉しくもなかった。

(親切にして、あたしが気をゆるしたスキに、衣を取りあげるつもりなんだ、きっと。豪

華な衣だから、女にやれば喜びそうだもの。ふん。だまされるもんか）

真秀はぎゅっと唇をかみ、ふと目をあけた。

丘下の河上の邑を眺めてみる。人の顔は見えないが、男も女も楽しげなのだけはわかった。

王族と違って、ふつうの族人の日々の暮らしは、決して楽ではない。

朝は陽がのぼるまえから、麻績《おう》みや草刈りの女仕事がある。

男だって木を伐《き》ったり、溝《みぞ》の崩れを直したりの力仕事がある。昼間はずっと、田んぼや畑仕事がある。

そうして夜、とぼしい月あかりの下で、女はイザリ機《ばた》で布を織り、男は狩りのための弓の手入れや、夜どおしの田守《たも》りの労役《えだち》もある。

毎日がそんなだから、特別の宴や祭りのときは、みんな我を忘れたように遊ぶのだ。身も心も神にあずけて遊ぶことで、明日からも働ける、みずみずしい、新しい力を神からもらうのだ。宴のときは、遊べば遊ぶだけ、神々が喜ばれるのだ。

（佐保も、あんなふうに宴をするんだろうか）

歌垣《うたがき》や、秋の新嘗《にいなめ》の祭りや、冬の鎮魂《たまふり》の祭りや——

そういったいろんな機会《おり》に、佐保の一族は同族だけの絆《きずな》を結びあい、確かめあって生きているのだろうか。

同族しか愛さず、同族しか信じないほど、強い絆で結ばれているという佐保の一族。そんなに同族が愛《いと》しいなら、どうして他族の男を通わせただけで、一族の女を追放できるのだろう。

温《ぬく》もった血族《けつぞく》の愛はそんなにもたやすく、憎しみや、厳しさに裏返ってしまうものなんだろうか。

「日子坐が相手だから、許されなかった。佐保を裏切って、和邇《わに》族についたと思われてもしょうがない」

と美知主《みちのうし》はいった。

佐保を裏切るもなにも、御影《みかげ》は〈裏切り〉などという言葉も、考えも浮かばない神々の愛児《まな》ではないか。五つの女児に、裏切りの意味などわかるはずもないのだ。

(相手が日子坐だったから……。日子坐でなければ、追放されなかったんだろうか)

真秀の思いは、ずっと、その辺りをどうどう巡りしてしまっていた。

(日子坐……。どんな男なの)

目を凝《こ》らして、遠い宴の中央を眺めてみた。

けれど、篝火《かがりび》の真近くに、木を組んだ桟敷《さじき》のようなものがあり、そこに河上の有力者たちが居並んでいるらしいのはわかるものの、人数も顔も、よくわからなかった。

（そろそろ帰らないと。真澄が目を醒《さ》ましたとき、ひとりにはできないわ）

真秀は夕メ息をひとつついて、木から離れた。

と、ほんのりと薄暗い木々のむこうから、草を踏みしだいてやってくる人の足音がした。

ひとりではなく、数人の乱暴な足音だった。

ひとりが松明《たいまつ》をもっているのか、小さな灯がゆらゆらと木《こ》の間《ま》にみえる。

最初は、遠い宴のざわめきにかき消されていた声が、しだいにはっきりと、真秀の耳にも聞こえてきた。

「けっ。なんて国だ、ここは。わざわざヤマト国中《くになか》の和邇が、祝宴にきてやったんだぞ。女の腕に触ったくらい、どうだというんだ」

「まったくだ。異国の血がまじったいい女もいるが、河上の男連中が目を光らせてやがる。よくも、戦《いくさ》の民、和邇の男を殴《なぐ》れたもんだ。日子坐王どのが止めなければ、殴り殺してやったぜ、くそっ」

「ちくしょう。血が出てるぜ。いてぇ」

「ばかなことをするからだぞ、おまえら。氷葉州姫《ひばすひめ》の祝宴にきて、河上とケンカしてたんじゃどうしようもあるまい。ここは美知主どのの国だ。日子坐王どのが一番、信頼されておられる王子の国だ。すこし、おとなしくしてろ」

「ふん、なにが氷葉州姫だ。ちらりと見たが、たいした美人でもない。美知主どのの娘にしては、不細工《ぶさいく》なもんだ。生まれたとき、産婆《さんば》が顔を踏んづけたんじゃねえのか」

「そのとおりだ」

そこで男たちがドッと笑いあった。

（和邇からきた男たちだ！）

真秀《まほ》はぎょっとして、思わず櫟《くぬぎ》の木の陰に、身を寄せた。

話のようすでは、連中が河上の女に手をだそうとして、河上の男といさかいを起こしたらしい。それで気分をこじらせて宴の席をけり、丘にきたようだった。

男たちはすこし機嫌を直したらしく、草を踏んで座をもうけて、臨時の酒宴をするらしかった。

酒瓶《さかびん》をいくつも持ってきたのか、土器《かわらけ》がぶつかりあう音もして、じきにぷうんと醸酒《かもざけ》の匂《にお》いがただよってくる。

松明を木の枝股《また》にでも差しこんだのか、ぼんやりした明かりが、男たちの辺りを照らしていた。

「へっ、氷葉州姫か。不機嫌そうな姫だぜ。体じゅうに、塩からい潮風が染みついてるような姫だ。おい、稲葉《いなば》の白兎《しろうさぎ》のはなしを知ってるか。氷葉州姫はあれだよ。海水《うみみず》で赤剝《あかむ》けになった兎みたいな女さ」

「へっへ。海辺の女は、肌が荒れてるというしな。抱いたところで、かさかさするだけさ。赤剝けの兎とは、よくいったもんだ」

「おいおい。大王《オオキミ》の妃《きさき》になろうって姫だ。赤剝けの兎はないだろ」

「なに、ほんとのことさ。あれくらいなら、息長《おきなが》が連れてきた五百依姫《いおよりひめ》とかいう姫のほうがいい。美知主王どのと話してるのを見たが、けっこうな美人じゃないか」

「おうよ。あれも日子坐王どのが、息長の王姫に生ませた姫だろう。いずれ、うちの若い王子のおひとりと縁組だな」

「息長とは昔からの友族《ともがら》だからな。まあ、いいことだ。息長は信用できる一族さ。なんといっても、日子坐王どのの一の王子、美知主王どのの族《うから》だ」

「氷葉州姫も、あれは母親似さ。父の美知主王どのか、さもなきゃ、いっそ祖父の日子坐王どのに似ればよかったものを」

「いや、まったくだ。日子坐王どのの御子《みこ》は、みな、見目《みめ》がよい。まあ、いったい、何人の御子がおられることやら」

　そんなことをいいあいながら、酒瓶をぶつけあい、野卑《やひ》な笑い声をあげている。

真秀もつりこまれるように、くすっと笑った。

酒がはいると、女か、一族の王たちの噂話《うわさばなし》に流れてゆくのは、息長の男たちと同じだった。根は悪い連中ではないのだろう。

しかし、王族たちの噂話に興じているわりに、彼らが、

(日子坐王《ひこいますのきみ》どの)

というときには、一瞬、酔いも消すほどの、敬意にあふれた響きがあるのを、真秀はちゃんと聞きとっていた。

和邇の男たちにとって、日子坐はよほど敬愛する首長《おびと》なのだと思わせる声音《こわね》だった。

族の男たちに、そこまで愛される日子坐は、よほど優れた首長に違いない。

(どんな男たちなんだろう、和邇族は……)

木々のむこう、夜闇《よるやみ》のむこうにいるのは、自分の体に半分流れる和邇の血、その血すじの男たちなのだ。半分は同じ血だという思いが、真秀の心をふと動かした。

そういえば、それまでさんざん〈和邇〉の名は耳にしても、じかに和邇族の者を見たことともなかったのだ。

(見てみたいわ、ちょっとだけ……)

真秀はそっと男たちのほうに近づこうとして、一歩、踏みだした。足が小枝を踏んだら

しく、ぱしっと小さな音がした。

その次に起こったことは、真秀の想像を絶していた。

「だれだっ！」

それまで酒をくみかわしながら、しどけなく噂話に興じていた男たちが、鋭く叫んだ。

そして、その声の鋭さに真秀が身をすくめたときには、もう、目の前の木々をかきわけて、男たちが真秀の前に立っていたのだ。

手に手に、すでに鞘《さや》を抜きはなった、抜身《ぬきみ》の太刀《たち》を摑《つか》んでいる。

松明をもった男が、目くらましのためか、円を描くように松明を激しく動かしている。

火の粉を飛びちらせながら闇に渦まく火の円に、目を惑わされ、男たちの顔を見きわめることもできない。けれど、太刀の輝きだけはよく見えた。

夜の闇をきり裂くような刃の燦《きら》めきに、真秀は息をのんだ。

それは、いましも戦のただなかに切りこんでゆくために、よく手入れされた、すこしの曇りもない、青白くひらめく両刃《もろは》の剣《つるぎ》だった。

和邇の男たちはいつも、こんなふうに太刀を佩《は》いていて、すぐに抜く用意をしてるんだろうか。酒を呑《の》んで、バカ話をしてるときにも？

そうして叫ぶより早く、瞬きするよりも早く、太刀を抜いて身構えることができるのか。

たちあがる気配も、木々を払いのける気配もないまま、気がついたときは敵の眼前《まなさき》に、立ち塞《ふさ》がっているのが和邇の男たちなのか。

（戦のための男たち、根っからの兵士《つわもの》が和邇なんだ！）

そんな思いが、閃光《せんこう》のように真秀の全身をつらぬいた。

なにも知らない真秀にも、そう思わせるほどの敏捷《びんしょう》さ、鋭さを、男たちは身におびていたのだ。

和邇一族がまぎれもなくヤマトの大豪族《だいごうぞく》だというのを、真秀はすぐに信じた。

こういう男たちがヤマトの大王《オオキミ》の兵士となって、いっぱい戦ったのだ。そしてたぶん、戦ったからには、必ず勝ってきた。

勝つことで、和邇は大王の信頼を得て、領土をふやし、配下の部族をふやし、息長のような友族《ともがら》を得て、ますます強大な大豪族にのしあがってきたのだ。

そして、その一族の首長が、父の日子坐なのだ！

「なんだ、女か」

男のひとりが、吐きすてるように呟《つぶや》くのが聞こえた。

まだ、松明はぐるぐると回っている。相手の目を晦《くら》ますための特別なやり方があるのか、真秀からはどうやっても、男たちの顔を見きわめることができない。

そのくせ、男たちからは、真秀がよく見えるらしいのだ。

真秀は自分だけが光の目隠しをされて、男たちのたくさんの鋭い目でじっくりと値踏みされているのを感じて、身震いした。

「女だ。身に、なにを帯びてるわけでもないらしい。納めろ、みんな」

しばらくして、男たちの長《おさ》らしい男がいった。

それが合図のように、男たちは暗闇を裂くような素早さで、太刀を腰の鞘におさめた。ぐるぐる回っていた松明がぴたりと止まり、真秀はようやく目を凝らした。

男たちは四人で、みな二十なかばの男ざかりの若者のようだった。

「や、これは……」

松明をもっていた男が、にわかに緊張して態度をあらためた。

「女は女だが、いい身じたくだ。もしや、河上《かわかみ》の姫のおひとりか?」

「ちがう、息長の……」

警戒と怯《おび》えのために、真秀はあやふやに呟いた。

「おう、息長の姫か」

息長と聞いて、男たちがいっきに緊張をほどくのが感じられた。

「五百依姫のほかにも、姫がいらしておられたか。それは知らなかったな。われらは息長

とは旧《ふる》い友人の和邇《わに》の者です」

にわかに打ちとけた、機嫌をとるような声で、年若い男が近寄ろうとする。と、そのとき、

「ちょっと待て。この姫はまさか……」

ひとりの男が、腕をあげて制《と》めた。

彼はさっき、興奮して罵《ののし》りちらす仲間をおだやかに宥《なだ》めていた、仲間うちの長《おさ》のような男らしかった。

彼は若い男から松明《たいまつ》をとり、真秀《まほ》をもっとよく見ようとするように、高く掲げた。

灯が眩《まぶ》しくて、真秀は思わず、両腕を交差させて顔をおおった。

「あなたは佐保姫《さほひめ》か⁉　いや、まさか、こんなところに佐保姫がいるはずが……！」

「佐保姫だと⁉」

男たちが打たれたようにいい、みなが一斉に真秀を見た。

その目には、これまで真秀が見たこともないような好奇の、ぎらぎらと輝くような色が浮かんでいた。

真秀もまた、びっくりしていた。佐保姫とはだれの名だ？

「おい、藪彦《やぶひこ》。おまえ、佐保姫を見たことがあるのか」

「ああ、日子坐王《ひこいますのきみ》どののおともで、何年かまえ、佐保郷《さほのさと》に入った。そのときにちらっと……。だが、そんなはずは……」

藪彦とよばれた男は、茫然《ぼうぜん》としたように、まだ真秀を見つめている。

「だが、年のころも同じだ。いや、まさか、こんなところに佐保姫がいるはずがない。畿《く》内《うち》の外の、他族の里に、よもや佐保の……」

「あたしは真秀よ。佐保姫とかじゃないわ」

「真秀……」

藪彦はなにかホッとしたように、口のなかで、真秀の名を転がした。

「そうか。そうだろうな。だいたい、佐保姫を見たといったところで、何年もまえだ。今のお顔はしらん。しかし、よく似ているような……」

「まあ、佐保姫のはずはないだろうよ。だが、佐保の郎女《いらつめ》と思うのも無理はない。いい面《おも》ざしをしてなさる」

と乱暴な口ぶりの男がいった。

唇がきれていて、わずかに血がこびりついている。河上の女に手を出して、ケンカになったのは、この男かもしれないと真秀は思った。

「可愛《かわい》いじゃないか。息長《おきなが》に、こんな姫がおられるとは思わなかった。あと二、三年もしたら、五百依姫《いおよりひめ》より、いい女になる。息長の、淡海《おうみ》の湖水もなかなか美人を産するじゃないか」

「あたしは息長の子じゃないわ。佐保の子よ」

真秀はつりこまれるようにいい返した。

こんなところで、息長の男たちに意地をはるように、和邇の男たちに口ごたえをしたところでどうなるものでもないのに、

(息長の姫)

といわれて黙っているわけにはいかなかった。

「母さんは佐保の者よ。だから、あたしも佐保の一族よ。息長の子じゃないわ」

「佐保だって⁉」

息長じゃない、というほうに力をこめたつもりだったのに、男たちがとびつくように叫んだのは、佐保の名のほうだった。

男たちはあっというまに近寄ってきて、真秀をとり囲んだ。

天にのびる杉の木のように、男たちはみな大柄で、地に突きさした大楯《おおだて》のように、がっしりした体つきをしている。

真秀は思わず、一歩あとずさった。

　彼らに囲まれてみると、まるで自分が、四方を射手《いて》と勢子《せこ》にかこまれて、逃げ場をうしない、鹿塞《ろくさい》に追いたてられてゆく小鹿のように思えてくる。

　真秀は今まで感じたことのない恐ろしさを感じて、息をのんだ。

「どうして、こんなところに佐保の娘女《いらつめ》がいるんだ」

「まあまあ、本人がいってるんだ。間違いないだろうよ。へえ、これが佐保の娘女か。なるほどなあ。これが春日《かすが》なる佐保の一族の、面ざしか」

「へへへ。噂《うわさ》はいろいろ聞くが、見るのは初めてだぜ。ふうん」

「塩からい、腐った魚の臭《にお》いの、シケた邑《むら》だと思ったがな。こんなところで、佐保の娘女に会おうとはな。いや、ついてるぜ」

　真秀が息長の姫ではないとわかったせいか、男たちはにわかに乱暴な口ぶりになった。そのくせ佐保の者がよほど珍しいのか、しきりと感心している。

　真秀はふと、

(佐保は同族しか信じない)

と美知主《みちのうし》がいっていたのを思いだした。同族しか信じず、愛さない。他の部族に、心を許さないのだと。

　佐保の一族は、その姿さえ、他族に見せたがらないほど、ひっそりと、春日という土地に籠《こも》り、族人《うからびと》たちとだけで暮らしているのだろうか。だから、みんな珍しがるのだろうか。

「おい、マホとかいったな。おまえ、いくつだ」

「あんたに、そんなこと聞かれる筋あいじゃないわ」

ひるむ心を奮《ふる》いおこして、真秀はぴしゃりといった。

男は一瞬、ぽかんと目をみひらき、すぐに背をのけぞらして大声で笑った。

「ずいぶん威勢のいいチビだな、ええ?」

「聞かれたことには、素直に答えるもんだ。とくに、相手が多勢で、そっちがひとりの時にはな」

唇に血をこびりつかせた乱暴そうな男が、すばやく真秀の手首をつかんだ。

真秀はぞっとして振り払おうとしたが、まるで貂《てん》や狐をいけどる押機《おし》の鋼《はがね》のように、男の手の力は強く、びくともしない。かえって、骨がくだけるかと思うほどの力で、ぐいぐい手首を締めあげてくる。

「なにすんのよっ」

真秀は苦痛に顔を歪めて、片手で、男の胸を力まかせに叩いた。

しかし厚い胸板はビクともせず、男はむしろ、真秀のやわらかな拳《こぶし》を胸にうけるのを楽しむように笑い声をあげ、ふいにその手もつかんだ。

「離しなさいよっ。離せったら！」

両腕をとられて、真秀は足をバタつかせながら暴れた。

男たちは声をあわせて笑うばかりで、すこしも怯《ひる》まなかった。

「おい。そこの木を払って、草床《くさどこ》をつくれ。春日野《かすがの》を流れる佐保川《さほがわ》の、その川水でさらす白絹《しらぎぬ》より美しいという和肌《やわはだ》を、みんなで拝もうじゃないか」

笑いながらいうわりに、脂《あぶら》ぎった声は真剣だった。本気だ、と真秀は息をのんだ。

「よせ。まだ子どもだ！」

松明をもっていた長《おさ》の男が、苛立《いらだ》ったようにいうのと、木々の向こうから、ゆらゆらと、火の玉がすごい勢いで近づいてくるのは同時だった。

「おまえら、その子に触れるなっ！」

叫び声とともに、木の間《こま》をつき抜けるようにして、ふいに火の玉が飛んできた。

火の玉と思ったのは松明だった。

真秀の腕をつかんでいた男めがけて投げたらしく、あやうく男にぶつかりそうになる。

男は真秀をつきとばして、さっと身をかわした。すばやい身ごなしだった。

真秀はがたがた震えながら足元にころがった松明を拾いあげ、男たちに向かって、振りかざした。また手をつかまれたら、目の玉に、火を押しつけてやる！

「真秀、なにをやってる。こっちに来いっ！」

木の枝を払って飛びだしてきたのは、意外にも真若王《まわかおう》だった。

7　巫王《ふおう》の血脈《けつみやく》

（なぜ真若王《まわかおう》が……!?）

と思うよりはやく、真若王は大股に駆けより、背で真秀《まほ》をかばうようにして和邇《わに》の男たちに向きなおった。

「なにをやっている、おまえら。この丘は、河上《かわかみ》の国見岡《くにみおか》だ。王族しか登れない丘だぞ！」

真若王は鋭くいった。息長《おきなが》の若い首長《おびと》にふさわしい威厳のこもった声だった。

「これは、息長の若首長どの……」

年長の和邇の男がすぐに片膝をつき、仲間たちに目配せした。

男たちも顔色を変えんばかりに、あわてて跪《ひざまず》いた。

「ご無礼いたしました、国見岡とはしらず。ただ、われらは潮《しお》の匂《にお》いにあてられて、目についた丘に踏みいっただけでして」

声には、他族とはいえ、神聖な土地を犯したおそれが溢《あふ》れていた。丘の神の怒りを恐れているのだ。

国見岡は、春や秋の祭りのときに、その族《うから》の王族が国すべてを見わたせる丘にのぼり、神々の恵みを祈り、国を寿《ことほ》ぐための聖域だった。

王族や巫女《みこ》たち、選ばれた長老たちしか踏みいってはいけない神聖な場所なのだ。そこには、族が祀《まつ》る神々の寝床や、休息所があると信じられている。

「おまえら、さっき河上の女に手をだして、殴《なぐ》りあいをやった者どもだな」

「いや、われらはなにも……」

「さっき、日子坐《ひこいます》の父王《ちちおう》に叱られていただろう。また、同じことをやるつもりか」

いつもは乱暴者で、口も悪くて、大嫌いなヤツだったが、こういうときはさすがに威厳があると、真秀は思わず、真若王の背にしがみついた。

「それに、その日子坐が夜の国見を望まれて、この丘に登ってくるぞ」

「えっ。日子坐王どのがこの丘に……」

日子坐の名がでたとたん、それまで牙をむいた狼のようだった男たちは顔色をなくし、おどおどと顔を見あわせた。

真若王はふんと鼻を鳴らした。

「おれは先行きで、一足先にきたわけさ。とっととうせろ。日子坐に見咎《みとが》められたら、困るのはおまえらだろ」

「おっしゃるとおりです、息長の真若王どの。われらはこれで……」

男たちがいっせいに頭をさげて、すばやく立ちあがり、足早に駆けてゆこうとする。

と、真若王はふと悪戯心《いたずらごころ》が動いたように呼びとめた。

「おい、和邇の同胞《はらから》ども。この子は、日子坐が佐保《さほ》の婢女《はしため》にうませた子だぜ」

その声には、今までの怒声と一転して、男たちにだけ通じるようななれなれしさがあった。酒がはいり、女や、戦《いくさ》の手柄話になったとたんに笑みくずれるような、男同士のしゃべり方だ。

和邇の男たちは一斉にふり返った。真若王の背の陰に隠れていた真秀を、探るように見ている。やがて、男たちはドッと声をあわせて笑いだした。

「なるほど。そうでありましたか、息長の若首長どの。どうりで目美《まぐわ》しい娘だ。いや、わが首長は、あちこちに御子《みこ》をおもちになりすぎる。婢女の子ときた日には、数えられぬほどだ」

「まあ、そういうことだ。おれの親父《おやじ》どの、おまえらの首長はタネを蒔《ま》きすぎたよ。おかげで、おれはたくさんの異母兄弟姉妹《きょうだい》を抱えてるわけさ」

「御子と奴児《やっこ》だけで、ひとつの邑《むら》ができるほどにね。ハハハ」

和邇の男たちは親しみのこもった笑い声をたて、やがて真若王に一礼して、足音もたてずに走りさった。

(なんだか知らないけど、よかった……)

男たちがいなくなってホッとして、そっと吐息をもらすのと同時に、男たちが去った方角から、領巾《ひれ》で口もとをおさえた五百依姫《いおよりひめ》が現れた。

「ああ、よかった。間にあったのね、兄さま」

走ってきたのか、息をきらしている。

「どうして、五百依姫がこんなところに……」

びっくりして問うと、五百依姫はまあ、というように目をみひらいた。

「おまえって、呑気《のんき》ね。わたくし、宴《うたげ》のお酒の匂いに酔ったので、この丘にきたのよ。ここなら国見岡だから、静かでしょ。そうしたら、おまえが和邇の男たちに囲まれていて、あたしは佐保の一族だの、なんだの、大声をはっていて」

和邇の男たちが、真秀になにかしそうで、びっくりして、あわてて人を呼びに丘を下りようとした。

そうしたら、たまたま国見の先行きで、丘を登ってくる真若王とゆきあったのだと五百依姫はいった。

「ああ、間に合ってよかった。おまえったら、あんな大男たち相手に、意地をはって。ここは淡海《おうみ》の息長じゃないのよ。和邇の男たちは名にしおう、荒ぶる戦士じゃないの」

口ぶりは責めていたが、それでも、なにもなかったことに安堵《あんど》している声だった。

五百依姫は真若王の妹で、とりわけ真秀たちに優しいわけではないが、そうかといって辛《つら》く当たるわけではない。真秀も親しみを感じている息長の姫だった。

そうか、五百依姫のおかげで助かったのかと笑いかける真秀に、真若王がキッとふり返った。

「おまえはバカだ、真秀。あんな若ざかりの男たちに、佐保の子だと声をはるバカがいるか。おれがいなかったら、どうなってたと思う」

「だけど、あいつらは……」

「美知主《みちのうし》がいわなかったのか。佐保の一族はめったに、国外にでない。とりわけ女はそうだ。ヤマト国中《くになか》の若い連中は、みな、佐保の女を見たがってるのさ。春日《かすが》なる佐保の、輝く郎女《いらつめ》たちは、どれほど美しいだろうかとな」

「そういえば、あいつらのひとりが、佐保姫かっていったわ、あたしのこと。似てるって」

真秀はふと思いだした。

男は信じられないというように、真秀を見ていたっけ。

「へえ、佐保姫に？」

真若王はそれまでの叱りつけるような荒声を、ふと和《やわ》らげた。

「佐保姫というのは、佐保の王族の姫だ。ま、おれだって、名だけしか知らんがな。佐保の一族なんぞといいはるから、からかわれたんだろう」

「……うん」

そうかもしれないと真秀はすなおに頷《うなず》いた。

おちついて考えれば、一族の族名《うからな》を名に冠《かむり》するのは、王族のしるしだ。

佐保姫とは、つまり佐保一族の、もっとも清い血をうけ継ぐ姫ということになる。いくらなんでも、そんな姫とあたしが似ているわけはない。

「まあ、いい。噂《うわさ》にきく佐保姫とまではいかなくても、おまえもなかなかのもんだ。あと二年か三年、いや一年もすれば、もっと変わるさ。さ、下りるぞ」

真若王はいかにも楽しげに、真秀の肩を抱いた。

三人は丘を下りたが、そのあいだ、真若王の手ははりついたように、真秀の肩から離れなかった。

その手に、どんどん力がこもってくるようでイヤだったが、助けてもらった手前、文句もいえない。真秀はしぶしぶ黙って、真若王にひっぱられるように歩いた。

「真秀、おまえ、その染衣《しめごろも》はどうしたの？」

隣を歩いていた五百依姫が、囁《ささや》いてきた。

「氷葉州姫《ひばすひめ》にもらったのよ。盗んだんじゃないわ」

「そう。よく似合うわよ。すっかり見違えたわ。声を聞かなきゃ、おまえとわからないくらいよ。髪もきれいに結って」

息長の里で、柔毛衾《にこげぶすま》にくるまるように大事に育てられた五百依姫には、意地悪さとか、邪気というものがなかった。

真秀がいい衣《きぬ》を着ているのを、心から驚いて、すなおに褒《ほ》めているのだ。それがただに伝わってきて、真秀もなんとなく嬉しくなり、笑いがこぼれてきた。

と、ふいに目のまえの木々の影の奥が、ぼうっと明るくなった。耳をすますと、草を踏みしだく人の足音がする。十人くらいの一団の気配だった。

「おっと。日子坐の一行だ。路《みち》を譲《ゆず》ろう」

真若王がひどく素直にいって、真秀の肩をつかんだまま、細い路をよけて木の陰に立った。

やがて明かりが近づいてきた。夜の闇のなかから、美知主を先頭に、河上《かわかみ》の長老たちの一団が浮かびあがってきた。

真秀たちの近くまできて、美知主が気がつき、火燈《ひともし》の奴僕《ぬぼく》に、松明《たいまつ》をあげるように命じた。明るい火が、真秀たちを照らした。

「おまえたち、どうして、こんなところに」

と鋭くいいかけたものの、五百依姫もいるのを見て、やや声を和らげた。

「なんだ、三人か。なかよく国見《くにみ》のまねごとか」

「まあ、そんなところだよ。父王、お先にどうぞ」

真若王《まわかおう》が声をかけると、長老たちがわずかに身をひいたように真秀には思われた。

それまで長老たちの背に隠れて見えなかった男の姿が、松明と、月あかりのもとに現れた。真秀は目をみひらいた。

男は五十をすぎた老人とみえたが、上背《うわぜい》は高く、ほとんど美知主と同じだった。

白い口髭《くちひげ》が口もとを覆《おお》っているが、長老たちのように顔を覆うほどではなく、そのせいで男の面《おも》ざしは驚くほどよくわかった。

どことなく美知主にかよった顔だちは、しかし美知主よりはよほど柔和で、白い眉《まゆ》の下の目は、遠くを見るように澄んでいた。

（これが、あの根っからの戦士みたいな和邇《わに》の男たちの首長《おびと》……。和邇の日子坐《ひこいます》なの？）

真秀の心のなかに、落胆《らくたん》とも、嘲《あざけ》りともつかない思いがひろがった。

わが父という思いは最初からなかったが、さっき見た和邇の男たちの、戦士のような体つきや敏捷《びんしょう》さが、心に烙《や》きついていた。

あんな屈強な男たちに慕《した》われるからには、きっと飢《う》えた狼や、千引岩《ちびきのいわ》のような大男で、体じゅうから、獣《けもの》脂の臭《にお》いがぷんぷんするような粗野な老人だろうと想像していた。

戦で殺された数えきれない者たちの死霊《しりょう》が依《よ》りつき、まがまがしい死と殺戮《さつりく》の陰りが、顔や身にこびりついているだろうとばかり思っていたのだ。

なのに、目のまえにいるのは、むしろ流浪《るろう》の手伎人《てひと》――

遠い国の歌を、異国のことばで歌いながら優雅に踊ってみせる美しい伎芸人《わざびと》が、そのまま老いたような男だった。

なにより歌や楽《がく》がふさわしい、あるいはまた、工人《たくみ》のなかでも文字を書いてみせたりする知恵者のような、静かな男なのだ。

若いころは、さぞ美しい青年で、いくつもの恋の歌をささやき、女たちを喜ばせただろうと想像できる華やぎの残滓《ざんし》が、まだ頰《ほお》や唇のあたりに漂っている。

そう、日子坐は華やぎのある男だった。

（この男が、御影《みかげ》をきまぐれで愛して、そして捨てたの……）

ふしぎなほど慕わしい気持ちも、それに憎しみも、湧いてこなかった。

真秀《まほ》の心にあるのは、なにか信じがたい驚きだった。

母の御影が、佐保《さほ》の一族から追放される原因《もと》となった男。

あたしたち母子を捨てた冷酷《れいこく》な男にしては、目の前にいる日子坐は、あまりにも穏やかすぎる。静かすぎる。

「おまえは佐保姫ではないな」

ふいに日子坐は、手にしていた桜の杖《つえ》をかすかに動かして、真秀を指した。

真秀はぎょっとして、思わず、そばにいた真若王にしがみついて、こくんと頷いた。喉《のど》がカラカラに渇《かわ》いて、声はでなかった。

相手はヤマトの大豪族《だいごうぞく》の首長なのだ。どんなふうに、口をきいていいのかもわからない。それに、日子坐の声が、たいそう美知主にそっくりなことにも驚いていた。

「しかし、似ているな。佐保姫に」

「父王《ちちおう》。あれは佐保姫ではない。真秀《マホ》という子です」

「真秀《マホ》……？　まほろばの真秀か。それはヤマトのことだ。優れてよいもの、真実のものという意味だ。よい名だな」

思いもかけないことを日子坐は呟《つぶや》き、それは誰にとってもそうだったのか、彼を囲んでいた長老たちが、

（おう！）

と息をのみ、ざわついた。

長老たちはいっせいに真秀をみたが、その目には、婢女《はしため》が生んだ子をみる侮《あなど》りはなかった。日子坐が嘉《よみ》した名をもつ子だという、単純な驚きがあるばかりだった。

真秀の肩に手をまわしていた真若王も驚いたのか、ぐい、と真秀の肩を抱きよせて合図をよこした。

（日子坐が嘉したぞ、すごいじゃないか）

と耳元で真若王がささやくのをうわの空で聞きながら、真秀は激しく日子坐をみつめた。

真秀をよい名だといった。では、この名は日子坐がくれたのか？　もし、そうなら。それなら……――

「どこかで聞き覚えがあるようだが……。わたしも老いたかな。思いだせない」

日子坐はちいさく、口もとだけで笑った。柔和な笑みだった。

真秀はがっかりした。思いだせないというからには、日子坐がくれた名ではないのだ。

それは当然だと思いながら、かすかに感じた親愛の情が、みるまに消えてゆく。

ていた。

「真秀は、御影の子です。御影は覚えておられるでしょう」

美知主《みちのうし》が穏やかに、日子坐によりそうように囁《ささや》いた。その声には、尊敬と親しみが溢《あふ》れていた。

あきらかに日子坐を信頼しているのがわかり、真秀はふと息苦しくなった。

それは父に話しかける息子の声だった。親子の間にだけ流れる温かいものが、日子坐と美知主の間には、確かにあるのだ。自分と日子坐の間には、その片鱗《かけら》もないものが。

「御影か。なるほど。あれはまだ生きているか」

日子坐は表情をかえず、呟くようにいった。

その声の、冷たさとも違う静けさに、真秀ははっと笞打《むちう》たれたように目をみひらいた。

（御影のことを覚えてるの⁉）

という一瞬の嬉しさは、しかし、まだ生きているのかと冷静に問う、静かな残酷《ざんこく》さとでもいうべきもののまえに、かき消されてしまっていた。

（生きているか）

と問う声音《こわね》は、花が咲いたかと問うのと変わりがなかった。波ひとつたてぬ沼のような、しんとした静けさがあるだけだった。

ふいに、体の底から、震えが湧きあがってくるのを真秀は感じた。この男には底しれない酷薄さがある。

この男は底なし沼のように、どんな野心も、荒ぶる心も、邪《よこし》まな思いも、裏切りも、胸底に秘めたままでいられる男だ。

静かで美しい沼とみせかけ、心をゆるして水浴びをしようとする女の足先が、水に触れたとたん、一瞬のうちに、幽《ふか》い水底《みなそこ》にひきずりこむ青白い水魔《すいま》。その水魔が棲《す》む清沼《すがぬま》のような男だ。

水魔の恐ろしさを知っている者には、どこまでも恐ろしく、沼の静けさしか知らぬ者には、こよなく優しく見える男。それが、この日子坐だ。

「生きていますよ、日子坐王」

「そうか。あれは役にたった。憐《あわ》れな、愛《かな》しい女だった。ときどき思いだす。よくしてやれ」

「ええ。そのようにしましょう」

美知主が頷《うなず》くか頷かぬうちに、日子坐は杖でトンと地面をついた。

それが合図のように、長老たちはさっと体の向きをかえて日子坐を囲み、真秀のまなざしから彼を隠してしまった。

美知主はちらりと真秀に皮肉なまなざしを投げた。思いもかけず日子坐と出会った真秀の反応を、おもしろがっているようだった。

そして真秀が顔をこわばらせたまま、身を固くしているのを見て、かすかに苦い笑みを洩《も》らし、やがて歩きだした。

一行が通りすぎてから、五百依姫《いおよりひめ》がほうっとタメ息をつくのがきこえた。

「ああ、びっくりした。父王の口から、御影の名が出るとは思わなかったわ。それに、真秀の名を褒《ほ》めていらしたわ。すごいわ、ね、真秀」

五百依姫は心から驚き、真秀のために喜んでいるようだった。

「おまえ、今度、男たちにからかわれたら、いっておやり。日子坐王が、名を嘉《よみ》してくださったのよって。みんな、びっくりするわよう」

悪気のない五百依姫のことばが、むなしく真秀の耳もとを通りすぎてゆく。とても五百依姫のように素直に、日子坐に名を褒められたことを誇る気にはなれない。

たしかに、日子坐が真秀の名を褒めたことには驚いたが、それよりも真秀の心に烙《や》きついているのは、日子坐が続けていったことのほうだった。

あれは役にたった。憐れな、愛しい女だったと。

日子坐は確かに、そういった。あれはどういう意味なのだろう。

御影を捨てたことを悔《く》いているのだろうか。御影が一族から追放されたことに同情しているのか。

（ちがう！）

真秀は遠ざかってゆく一行の明かりを見つめながら、両手をぎゅっと握りしめた。

日子坐の口ぶりは、けっして悔いる者のそれではなかった。憐れだといいながら、みずからは決して、御影を救おうとしない冷ややかな声だった。

御影が佐保《さほ》を追放されるときも、眉《まゆ》ひとつ動かさなかった男の口ぶりだった。

今、息長《おきなが》の邑《むら》で、血を流しつづける業病《ごうびょう》で苦しんでいる御影をみても、腐った血の匂《にお》いにわずかに顔をしかめて立ちさり、その瞬間から、御影を忘れてしまう男の、それは酷薄《こくはく》な声だ。

「ふうん。日子坐が手をつけた婢女を、あんなふうに覚えてるなんてな。御影はずいぶんと、日子坐の好みにあった女だったらしいな。まあ、確かにきれいな女さ。いまは病で、みるかげもないが」

「好みにあったって、なに⁉」

真秀はカッとなって真若王《まわかおう》を睨《にら》みつけた。

こらえきれない怒りが、胸さきをつきあげてくる。

「御影は、王族が気まぐれに狩る女鹿《めじか》なの？　狩りの血の滾《たぎ》りのままに狩って、そして狩りに飽《あ》きたら、それきりなの？　珍しい花みたいに、新酒《にいざけ》みたいに味わって、飽きたら見向きもしないで捨てるの？　それが好みにあうってことなの⁉」

「それが婢女というものだろ」

真若王はすげなく首をすくめて笑った。

「そういうものだ。おまえだって真澄《ますみ》だって、王族のだれかが望めばそうなる。王族どころか、族人《うからびと》にやられてもなにもいえない。おまえら母子はたまたま、美知主の兄王が睨みをきかしてるから無事なだけさ」

「やられるって……」

それはなによとなおも叫ぼうとしたとたん、真秀は息がとまった。

身を千切《ちぎ》られるような痛みとともに、頭のどこかが澄みわたり、そこに、ふいに真澄の声が飛びこんできたのだ。

（真秀！　どこにいるんだ、真秀！　早くきて。誰かがぼくの体に触れてる。いやだ、気味が悪い。真秀、真秀っ）

それまで聞いたことのない困惑しきった、せっぱつまった声だった。真秀は髪の毛が逆立つほどの恐怖を感じて、よろめいた。

真澄の声はうわずり、乱れていた。

真澄はいま、激しい恐怖と哀しみに打ちひしがれている。心の奥深いところを傷つけられ、胸が詰まるほどの思いを味わっている。それがそのまま、真秀《まほ》に伝わってくるようだった。

真秀は吐きそうになって、手で口を押さえた。

真澄の心の声どころか、痛みや感情まで宙《そら》をとんで、真秀に依《よ》りついたかと思えた。肌に触れるほど真澄が近く、真澄の哀しみも近かった。

「真澄！　真澄があぶないっ」

「え？　あ、おい、真秀っ」

真若王が叫ぶのもかまわず、真秀はいっきに丘を駆けおりた。

足下でいくつも枝が折れ、裳《も》が足にからまり、何度も木の根に足をとられそうになりながら、真秀は走り続けた。松明《たいまつ》がないのに、ふしぎと目の前が明るい。青々とした鬼火のまぼろしが、真秀のゆくてを照らしているかのようだ。

真秀には、それも真澄の霊力《ちから》のひとつのように思えて、必死に走った。走るほどに、蹠《あしうら》に土を感じなくなっていた。宙をとぶように足が動く。

これまでにない強い声と力を感じる。真澄がよほど脅《おび》えているのだ。よほど思いつめ、それで霊力が強まっているのだ。

息をつめて丘を駆けおり、宴《うたげ》でごった返している邑中《むらなか》をかけ抜けて、草壁《くさかべ》の小屋をめざした。遠くに、荒薦《あらこも》を垂れおろした小屋が見え、それが一瞬のうちに目の前にあった。

真秀は体ごと荒薦にぶつかるようにして、小屋に転がりこんだ。

「きゃっ！」

驚いたような女の小さな叫び声がした。

真秀は胸を押さえて息をきらしながら、カッと目をみひらいた。

目のまえには、昼間、真秀たちを小さな御館《みたち》に連れていった年長の従婢《まかたち》がいた。

化粧しているのか、丹《に》の粉《こ》を塗った頬《ほお》が、不意をつかれた驚きで醜く歪んでいる。

髪をすっかり解《ほど》いて、黒いねっとりした髪を生きもののように、その身にまとわりつかせて、しどけなく座りこんでいる。

真澄は部屋のすみにいた。追いつめられた手負い鹿のように身を固くして、けれど真秀がきたことがわかるのか、ホッとした顔をしている。

狭い部屋を手さぐりで逃げたのか、藁《わら》があちこちに散らばり、手にも髪にも藁くずが絡みついている。

そうして、真澄の上衣《うえぎぬ》は、すっかりはだけていた。白い胸にはところどころ、赤いアザのようなものがあった。紅《べに》汁がこすれたような跡もある。

思うさま真澄の肌に触れ、まさぐった跡だった。袴《はかま》の下紐《したひも》も、あやうく解けかけていた。

女がやったというのは、すぐにわかった。

真秀は目から火の粉がふくかと思うほど、女を激しく凝視した。

「真澄に触れたのね、その汚《けが》れた手で。その人食いみたいな、紅汁で爛《ただ》れた唇で！」

「な、なによ。おまえの兄は、本気で抗《あらが》わなかったわ」

真秀の怒りにひるんだように、女が胸元をかきあわせながら口ごもった。

「手を払いもしなかったわ。誘うように気配をかわしただけで……」

「誘うようにだって⁉　よくもそんなことをっ！」

真秀はカッと頭に血がのぼり、部屋のすみにいた真澄をふり返った。

（真澄、どうして、女のよこっつらを殴ってでも、追いださなかったの。どうして！）

（真秀、怒らないで。そのひとは、根の悪い人じゃない。ぼくを愛しいと思う気持ちが伝わってきた。悪い人じゃないんだ。ただ、愛しいと思う心がふくらんで、それで……）

どこまでも女を庇《かば》おうとする真澄の髪から、藁くずがふわりとすべり落ち、それを見たとたん、真秀の目に煮えたぎるような悔し涙が噴きこぼれてきた。

女の頰を打つこともできず、手をふり払うこともできない真澄が、精一杯の抗いとして、狭い小屋のなかを手さぐりで身をかわし、少しずつ小屋のすみに追いつめられるさまが、まざまざと眼前《まなさき》に浮かんでくる。

相手の心の奥底にある優しさにわずかでも触れてしまうと、もう手をあげることのできない真澄のやさしさ、それゆえの弱さを、このとき真秀は、激しく憎んだ。

いくら女のように美しい面《おも》ざしでも、真澄の腕は男のものだ。

頰を打ってでも、髪をひっぱってでも、女の手から逃れることはできたはずなのに。

（真澄は自分を守るためにでも、他人に手をあげないの⁉　あたしなら、相手の喉《のど》ぶえに嚙みついてでも逃げるわ。母さんだって、御影《みかげ》だって、そうすればよかったんだ！　そうすれば、佐保を追放されることもなかったのに……！）

邪《よこし》まなものを持たない神々の愛児《まな》は、なぜ、自分を守るためにでも、他人を傷つけようとはしないのか。どうして！

そうだ、母の御影もまた、今の真澄のように、抗うことができなかったのだという絶望にもにた思いが湧きあがり、真秀を打ちのめした。

人々の心に優しい気持ちを起こさせ、その優しさに包まれて生きてゆく神々の愛児は、人を傷つけることができないのだ。御影もまた、たとえ身を守るためにでも、日子坐《ひこいます》の頰を打つことさえ、できなかったのだ。

そうやって日子坐は遠い昔、優しく、はかない御影を狩り、なぶりものにして、真澄を生ませた。さらに十年以上もあとに再び、気まぐれに御影を狩って、真秀を孕《はら》ませた。

あげくに捨てさり、佐保にいられなくさせたのだ。あの穏やかな、底しれない冷たさを秘めた男は。

「あれは、役にたった」

とまるで、御影を花摺《はなず》りの花びらでもあるかのように、ぽつりと呟《つぶや》いた男。役にたつ。役にたつってなに⁉

人を人と扱わず、自分の楽しみのためだけに狩り、いっとき可愛がって、一瞬後には捨ててしまう。そんなことが許されるの？　日子坐が王族で、御影が婢女《はしため》だから？

（いいえ、ちがう。御影や真澄が許しても、あたしはゆるさない。ゆるさないわっ！）

激しい憎しみと怒りが津波のように真秀をおそい、殺意が閃《ひらめ》いた。

地鳴りのような震えが全身をつらぬき、真秀は女に飛びついた。

「殺してやる！　真澄は聖《きよ》らかな身よ。それを汚《けが》した。殺してやるっ！　殺しても、神々はきっと許してくださる。おまえの目を抉《えぐ》りだして、握りつぶしてやる。真澄に触れた指を喰いちぎってやる。殺してやるっ！」

真秀は一瞬、意識がとんだような幻覚に襲われた。

ただ全身に熱い力が漲《みなぎ》り、指先に痛いほどの痺《しび》れをかんじる。

（真秀、いけない！　なにをしているんだ⁉　真秀、いけない。いけないっ！）

熱く燃えたぎった頭の片すみに、哀願するような真澄の声が、せつなく響いてくる。

気がつくと、真秀は従婢に馬乗りになって、首を両手で絞《し》めていた。

腕の力は弱くても、全身の体重をかけているせいで、驚くほどの力がかかっているのが自分でもわかる。

従婢はすでにピクリとも動かず、白目をむき、口から泡をふいていた。

真秀は信じられない思いで、そのくせ、体がなにかに縛られたように動かなかった。意志とは別もののなにかが、ぐいぐいと女の首を絞めさせているのだ。

氾濫《はんらん》する川水が邑《むら》ひとつを押し流すような、抑えきれない憎しみの奔流《ほんりゅう》が真秀をのみこみ、もう、自制がきかない。このまま殺すわ、この女を！

「真秀！　よせ。なにをしているっ」

背後から真若王《まわかおう》の声がとび、ふいに、強い力でつき飛ばされた。

勢いがついた真秀の体は小屋のすみにふきとび、屋根を支える柱にぶつかった。

真秀は一瞬、意識を失い、背を打った痛みで、ようやく我に返った。それまで自分を縛っていたなにかが、ふっと糸が切れたように消えたのを真秀は感じた。

「おい、しっかりしろ。女っ、おい！」

真若王は泡をふいている女の肩を、乱暴にゆすぶった。

女が動かないとみるや、すぐに従婢に口づけて、息を吹きこみはじめた。

それは息長《おきなが》の族人《うからびと》なら、誰もが身につけている水難の技だった。

溺《おぼ》れた者、ほとんど死にかけた者でも、息長の連中はそうやって甦《よみがえ》らせることができるのだ。それはほとんど神々の御技《みわざ》に近い。息長やほかの海人族《あまぞく》だけがもつ技だ。

長い長い時間に思われたが、やがて、従婢の全身がぴくっと動いた。みひらかれたままだった白目に、黒い瞳が戻ってきた。

「真秀、息長の男をよんでこい！　今夜、河上《かわかみ》で騒ぎをおこすのはまずい。氷葉州姫《ひばすひめ》がヤマトの大王《オオキミ》に妃入りする、だいじな祝宴だ。死は忌《い》まねばならん、絶対に！」

真若王は、息長の若首長《おびと》らしい力強さで叫んだ。

「早くいけっ。大王が祀《まつ》る三輪《みわ》の大神《おおかみ》がお怒りになる。三輪の大神は、疫病《えやみ》や天変地異《まがごと》をあやつる恐ろしい国《くに》つ神《かみ》だぞっ」

真秀はゆっくりと立ちあがり、体についた藁をはらいのけた。

人を呼びにいくつもりはなかった。立ったまま、従婢と真若王を見下ろすうちに、ふいに可笑《おか》しくなってきた。

だいじな祝宴？　三輪の大神の怒り？　それがどうしたのだ。真澄《ますみ》がうけた辱《はずかし》めの復《ふく》讐《しゅう》にくらべたら。真秀は小さく笑った。

「その女は、真澄を汚したわ。死んで当然よ」

「痴《し》れたことをいうなっ！　ええい、五百依姫《いおよりひめ》、おまえがよんでこいっ。息長の男を連れてこいっ！」

遅れて、息をきらしながら小屋にかけこんできた五百依姫に、真若王がどなった。

五百依姫はぎょっとして立ちすくんだものの、すぐに身を翻《ひるがえ》して走りさった。

いくら王族の姫でも、いや——息長の姫であればなおさら、息長の技には長《た》けていなければならない。

息長の一族は、驚異の息の長さをもつ水の民なのだ。胸にあるという風袋《かざぶくろ》の臓腑《ぞうふ》が、なみの一族とは違う。

なだらかな平地を走ることは、深く、重い水底《みなそこ》に潜ることに比べれば、あまりにもたやすい。だからこそ水の民・息長は、陸《おか》の上でも、優れた戦士になりえるのだ。

やがて五百依姫によばれた鮒彦《ふなひこ》たちが、部屋にとびこんできた。

小屋の内部のありさまを見て、酔いも醒《さ》めはてた青い顔をしている。

「おまえらが息をおくれ」

真若王が肩で息をしながら、命じた。甦りの技は、さすがに大の男でも疲れさせるものなのだった。

鮒彦たちは代わるがわる、女に息を吹きこんだ。長い間、ただ黙々と息を吹きこみ続けた。遠くから、宴《うたげ》の笑い声が響いてくる。けれど、草壁《くさかべ》の小屋では、神々の御技にもにた甦りの秘儀が行われている。

真秀《まほ》はなにか遠い世界のできごとのように、それを眺めていた。

大の男が三人がかりで、顔をまっかにして息を吹きこみつづけたあげくに、ようやく女が気をとりもどした。

赤足《あかたり》に助けおこされた従婢《まかたち》は、一瞬、定まらぬ目を漂わせ、それが真秀に辿《たど》りついたとたん、

「ヒィーッツ！」

殺される山鶏《やまどり》の断末魔《だんまつま》のような叫び声をあげた。喉の奥がひゅうひゅうとなるような、骨と骨がぶつかりあうような、恐怖で干からびた声だった。

真秀は女に近づいて片膝をつき、赤く濁《にご》った女の目をひたと睨《にら》みつけた。

「おまえは死んでもよかったのよ」

それは、真秀がわれながら、ゾッとするような冷たい声だった。地の底から湧きあがってくる悪霊《あくりょう》じみた声だった。

「あたしは殺すつもりだった」

「アア、アアア……」

「真澄に詫《わ》びるのよ。その手をついて。その額を土にこすりつけて！」

真秀の気迫におされたように、狭い小屋に身をよせあうようにしている息長の男たちは、ひとことも発さなかった。だれかが唾《つば》をのみこむ音がした。

「よせ、真秀……」

真若王がようやく、われに返ったように呟いたが、まるで夢を見ているように力がなかった。

「詫びるのよ、真澄に。こうして！」

真秀は従婢の襟首《えりくび》をつかみ、藁《わら》の散らばった地べたに、女の頭をぐいぐい押しつけた。

女は海松《みる》のようにくたくたと力なく、真秀にされるがままにされていた。抵抗する力など、一滴も残っていないようだった。

「今度、真澄に近づいたら、そのときは殺すわ、おまえを。戯《ざ》れ言《ごと》じゃないわ」

真秀は女をぼろ布のように放りすてて、立ちあがった。

狭い小屋は、息長の三人の男たち、真若王と五百依姫でいっぱいで、いまにも草壁がたわんで破れそうなほどだった。

真秀は息長《おきなが》の男たちを、ゆっくりと見まわした。

男たちはぴくりとも動かなかった。稲光《いなびかり》を浴びても動かぬ案山子《かかし》のように、真秀の怒りの矢に射抜《いぬ》かれたように、体を凝《こ》らして立ちつくしていた。

「あんたたちも知っておくといい。真澄《ますみ》に手を触れたら、殺してやる。真澄には神々の守りがある。どんなに離れていても、あたしを呼ぶことができるのよ。心の声で！」

真秀はひとこと、ひとことに力をこめた。

そのときの真秀には、真澄の霊力《ちから》が顕《あき》らかになって、引き離されてしまうという恐怖はなかった。

頭にあるのはただ、真澄を守るためには人殺しも厭《いと》わない、それを思い知らせてやるというはっきりした意志だけだった。

「あたしは人を殺せるわ、真澄のためなら！」

真秀はそういい捨てて、部屋のすみで身を固くしている真澄のそばにゆき、彼を抱きしめた。真澄に触れたとたん、ふいに、ぶるぶるっと体じゅうに震えが走った。

（真秀。いけないことをしたね。真秀の心が読めなかった、さっき。黒い渦のようなものが、ぼくを弾《はじ》いていた。闇のむこうで、真秀が燃えているようだった……）

真澄は青ざめた顔で、真秀を抱き返した。傷ついた声だった。傷ついているのは、自分が味わった辱《はずかし》めのためではなく、真秀のためのようだった。

（真秀にいけないことをさせた。呼ばなければよかった）

（いいえ！　あたしを呼ぶのよ、真澄。それは、兄さんが身を守るために神々からもらった力なのよ！）

真秀は唇を噛《か》みながら、きっぱりと心の中でいった。

女の首を絞《し》めたことの後悔はなかった。こんなに震えているのは、女にとどめを刺せなかった悔しさのためだ。きっと、そうだ。

「もう、気がすんだだろう、真秀」

ようやく、夢から醒《さ》めたように真若王《まわかおう》が呟《つぶや》き、鮒彦《ふなひこ》たちをふり返った。

「おまえたち、その女を外に出せ。河上《かわかみ》の族人《うからびと》に見られないようにしろ。女、このことは黙ってろ。いいな」

赤足や鮒彦に抱きかかえられた従婢《まかたち》は、こくこく、と力なく頷《うなず》いた。目は死んだように濁り、顔は恐怖のために形相《ぎょうそう》が変わっていた。口止めしなくても、今夜のことは死ぬまで忘れられず、怯《おび》えつづけるだろうと思われた。

男たちと従婢が去り、五百依姫《いおよりひめ》と真若王だけが小屋に残った。

真若王の顔は、山藍《やまあい》で染めた衣《きぬ》のように青かった。

恐怖というよりは、もっと違う畏怖《いふ》に近いものが、その顔に浮かんでいた。神が降りた巫女《みこ》をみる目つきだった。

「出ていって、真若王。つかれたわ」

真秀は真澄を抱きしめたまま、ぽつりといった。

体に漲《みなぎ》っていたふしぎな力は、今はもう消えさっていた。残っているのは、泥のように体にまといつく重い疲労感だけだった。

体の芯がずきずきするほど、疲れている。今眠ったら、朝まで身動きもせずに眠り続けるだろう。

「なるほどな。真澄には、心の声があるか。おまえらはそうやって、話しあってたのか。今こそ、胸底から信じるぜ、真秀。おまえらが佐保《さほ》の血脈《ちすじ》だというのを」

真若王は、妹の五百依姫の腕をとった。

五百依姫はあまりのことに驚き、血の気を失っていた。

真若王は妹姫をおちつかせるように、背を撫《な》でてから、真秀たちをふり返った。

「佐保の一族には、霊力のある巫女や、巫王《ふおう》がよくでる。あの一族は、霊力がつよいんだ。赤に赤を重ねた、黒紫色の濃い血のぬめりが、神を招《よ》ぶんだ」

「霊力……？」

真秀は重たげに瞼《まぶた》をあげて、真若王を見あげた。

真若王は初めて見るもののように真澄を見つめ、やがて真秀に目を移した。激しい戦《いくさ》の夢から醒めたような、しらじらした表情だった。

「巫王の血脈《けつみゃく》さ、佐保は。だから、佐保は血の純潔を守ろうとするし、みなは佐保を欲しがる。春日《かすが》の佐保は、ただの美しいだけの一族じゃない。古いヤマトの神々の守りをうけた小さな、だが神威《しんい》にみちた比稀《たぐいまれ》な一族だ。ヤマトの大豪族《だいごうぞく》、和邇《わに》を悩ませるほどの」

真若王は吐きすてるように呟き、五百依姫をせきたてて、手あらく荒薦《あらこも》を払いのけて出ていった。

小屋を出るときに、ちらりと見えた真若王の横顔には、今まで、真秀たちを前にしたときの嘲《あざけ》るような傲慢《ごうまん》さは跡形もなかった。佐保への畏怖が滲《にじ》んでいた。

(巫王の血脈……?)

はたはたと揺らぐ荒薦をながめながら、真秀は茫然《ぼうぜん》としていた。

佐保の一族のことを語った美知主《みちのうし》は、最後まで、なにかをいいよどんでいた。それは佐保が、〝巫王の血脈〟の一族だったからなんだろうか。

口にするだけで禍々《まがまが》しい予兆を感じさせる〝巫王の血脈〟とは、なんなのか。

真澄がその血をうけ継ぐものだと証《あかし》できれば、佐保の一族に迎えてもらえるのだろうか。

そういうことなんだろうか——

さまざまな思いが乱れとぶそばから、肉を溶かし、骨を曲げるほどの疲れが、じわじわと、真秀の体を痺《しび》れさせてゆく。

なにかを考えるには、疲れすぎている。あまりにも。今はただ眠りたい。

湖の岸べにつくった泥の城が、細波《さざなみ》が寄せるごとに、少しずつ崩れてゆくように。

やがて真秀は真澄とだきあったまま、昏《くら》い眠りの底に、しずかに崩れおちていった。

第二章　月が満ちるとき

1　野洲《やす》の邑《むら》

息長《おきなが》族の本拠を〝淡海《おうみ》〟とよぶのは、領地内に、ヤマト一ともいわれる大きな湖《ウミ》を擁《よう》しているからだった。

波がしらの燦《きら》めき砕《くだ》ける大海原《おおうなばら》ではなく、静かで、塩からくない〝淡い海〟――その淡《あわ》海《うみ》が、やがてオウミとよばれるようになった。

湖《みずうみ》を〝淡い海〟とよび親しむ心の奥に、祖先たちが、はるかな海を渡ってきた海の民・息長族の、誇りと信仰が息づいている。

淡海の湖には百以上もの、大小の川がそそぎこみ、湖はつきることのない青い水をたたえて、まわりの土地をみずみずしく潤していた。

だが、水田に墾《ひら》けるほどの平野は、湖東《ことう》に集中していた。

息長川や野洲《やす》川、瀬田《せた》川の流域には集落の屋根がつらなり、とりわけ野洲川と瀬田川にはさまれたあたりは、稲作にふさわしい肥沃《ひよく》な土壌《どじよう》だった。

野洲の邑――そこが、真秀《まほ》の育ったところだった。

五百依姫《いおよりひめ》たちのすむ女の御館《みたち》は、小高い丘の上にあった。

野洲の神々が天降《あも》る神山《みやま》、三上山《みかみやま》――

その三上山を背にした高床《たかゆか》の御館からは、とおく、淡海の湖面まで見はるかすことができた。

（ああ、金色の海みたいだ）

窓辺によりかかり、ぼんやりと、眼下にひろがる集落をながめていた真秀は、タメ息をついた。

淡海の湖岸から、この野洲の邑中《むらなか》まで、金色に色づいた稲穂《いなほ》の波がつづいている。

輝かしい稔《みの》りの秋が、すべてを黄金色に染めあげているのだ。

湖をわたる風がふきよせるごとに、色づいた稲穂はいっせいに右に、左にとうねり、波うってゆく。

それはほんとうに、まばゆいばかりの金色の海だった。

その一面の金の海中《うみなか》には今、奴婢《ぬひ》も族人《うからびと》もへだてなく分けいり、水夫《かこ》のように漕《こ》ぎめぐりながら、稲穂を刈っている。

数日前から、野洲の邑では、一族総出の刈りいれ期に入っているのだ。

わずかな稲穂でも摘《つ》みおとしのないよう、気合いのはいったムダのない人々の動きは、まるで舞《まい》を舞っているように美しい。

(稲穂の神々にささげる踊りみたいだわ、まるで)

真秀は思わず、目をほそめた。

去年の今ごろは、真秀もみんなと一緒になって、稲穂刈りをした。

石刃《いしば》で穂を刈りとるのは、つらい仕事だった。

指はすぐに稲の茎《くき》や葉できれて血がにじむし、石刃をはさむ親指と薬指には、血マメができる。

そのくせ、わりあてられた一日の穂刈りの量をこなせないと、その夜は、粟《あわ》やヒエのダンゴがういた汁物《しるもの》しか、もらえない。

稔りをとりいれる心はずむ収穫の秋は、一方では、つらく苦しい重労働の秋でもあるのだ。とりわけ奴婢たちにとっては。

(でも、あたしは刈り入れが好きだった)

一日じゅう働いて、きめられた穂刈り分だけの仕事をすれば、湯気が頰《ほお》を熱くするほどの、椀《わん》の重みもうれしい粥《かゆ》をもらえた。

その粥を、御影《みかげ》や真澄《ますみ》にあげることができると思うだけで、小さな体じゅうに力が満ちてくるようだった。

ほかのみんなのように穂刈りのほぎ歌を歌うひまも惜しいほど、石刃をにぎる手にも力がはいった。

（なのに今年は、御影の看病で、刈り入れにも出れなくなった。来年の秋は、どうなるんだろう……）

あやうく両目に涙が浮かびそうになったそのとき、

「なにを見てるの、真秀」

ふいに、五百依姫が部屋に入ってきた。

真秀はあわてて、ゴシゴシと頬をこすり、窓辺から身をはなした。

「……泣いてたの？」

五百依姫はかすかに眉《まゆ》をよせたものの、すぐに笑顔になって、真秀を手まねきする。

藁《わら》であんだ敷物にゆったりとすわる五百依姫のそばに、真秀はかけよった。

「ほら、これがウコンよ。今朝がた、掖久《やく》から戻った舟が、つんできた荷のひとつよ」

そういって五百依姫がさしだした藤蔓《ふじづる》の小さな籠《かご》には、ウコンの茎根を干して薄く切ったものが、山盛りになっていた。目に染みるような鮮やかな黄色だ。

真秀はじいっと、山盛りの薄片をみつめた。

ずっと前に、美知主《みちのうし》から、片手でひとつかみほどの、茎根の粉をもらった覚えがある。まだ御影の病《やまい》が、そんなに重くないときで、ウコンの煎《せん》じ薬《ぐすり》はよく効いた。けれども今は、どれほどの効きめがあるだろう……。

「これを煎じて、飲ませるといいわ。きっと、よく効くわ」

育ちのいい、それゆえ悪意のない五百依姫のいたわるような言葉に、真秀はこくんと素直にうなずいた。

「それでどうなの、御影は。血はとまってるの？」

「ううん……」

真秀はきゅっと唇をかみ、頭《かぶり》をふった。

優しい言葉をかけられると、また涙がうかびそうになってくる気弱さが、われながら悔しい。こんなところで泣いちゃいけない、と思う。

母の御影はもう数年前から、女陰《ホト》から血を流しつづける業病《ごうびょう》におかされている。

血は腐った悪臭をはなち、黒く濁《にご》り、それだけで族人《うからびと》たちは、悪霊《あくりょう》につかれた病だと嫌いぬいた。

真秀たちはもう長いこと、邑のはずれの粗末な小屋に、まるで隔離されるように、母子三人だけで暮らしていた。

　真秀はむしろ、母子三人だけの小屋をもらえることを、心から喜んでいた。なぜなら、奴婢は男も女もなく、数人で雑居するのが習わしだったから。

「あたしたち、三人だけで暮らせるのは、御影の病のおかげよ」

　ことあるごとに笑ってみせるのは、いくらか強がりもあったけれど、本心でもあったのだ。

　けれど、今はもう、そんな強がりも口にのぼらない。

　一年ほど前から、御影は起きることもできないほど、病が重くなっていた。

　そんなときに美知主からもらった熊の血凝《ちごり》は、いっとき血をとめ、御影もおきあがれるまでに回復した。だからこそ、もっともっと血凝がほしくて、いわれるままに丹波《たんば》まで海旅もしたのだ。

　丹波で、美知主からもらった血凝は、十五、六粒はあった。

　貴重なものだと知っていたから、限りある血凝をだいじに、だいじにしていたつもりだったのに――今年の夏の暑さはすさまじく、湖《ウミ》をわたる風も、いつもほど涼やかではなかった。

　御影もすっかり暑さがこたえたようで、

（このまま、御影が死んだら……）

と考えるだけで、頭のどこかが昏《くら》くなるようだった。

御影を楽にしてやりたい。

その一心で、血凝を与えつづけ——そうして気がつくと、夏の終わりにはもう、血凝はなくなっていたのだ。

「なんだ、もうなくなったのか」

夏のおわりに野洲にきた真若王《まわかおう》は、ふんとせせら笑った。

淡海の湖のまわりにある無数の集落を、数日ごとに巡視して歩く若首長《わかおびと》の真若王は、ときに、交易船の母船にのりこみ、陣頭の指揮をとる。そうなれば、月のひとめぐりも帰ってこない。

その他にも、ヤマト内の友族《ともがら》とのつきあいがあって、でかけていることが多い。

野洲の邑に姿をあらわすのは、月がひと巡りするうちの一度か二度くらいのもので、そんなときに真秀をみかけると、乱暴な、口ぎたない言葉をなげつけるのが常だった。これまでは。

けれど丹波から帰ってからというもの、以前とはうってかわって、注意ぶかく、真秀たち母子を見ているらしい。

血凝がなくなったのも、すぐに察したようだった。

「あれは、大王《オオキミ》への献上品にもなる貴重な薬だぞ。右から左に、手に入るものじゃないのに、バカな使い方をしたもんだ」

「また、美知主に頼んだら、少しはもらえる？」

気弱になって、そういう真秀に、真若王は冷たく肩をすくめた。

「娘の氷葉州姫《ひばすひめ》が大王の妃《きさき》になったばかりで、兄王だって、そうそう、おまえらの面倒ばかりは見てられないさ。真澄に蠱術《まじない》でもしてもらったらどうだ。あいつには、霊力《ちから》があるんだろう？　母の病もなおせなくて、なにが霊力だ」

丹波での宴《うたげ》の夜——

あの夜、顕《あき》らかになった真澄の霊力を、そんなふうに嗤《わら》いとばす傲慢《ごうまん》さはあいかわらずだったが、それでも真秀たちの扱いは、以前に比べて、はっきりと違っていた。

御影の看病のために、決められた仕事がろくにこなせなくても、食べ物や衣服はちゃんと今までどおりか、多くなっているほどだ。

なにより、族《うから》の男たちが真秀をからかったり、苛《いじ》めたりすることがなくなった。真秀の姿をみかけても、見てみぬふりをしているし、女たちもそうだ。

どうやら真若王が邑長《むらおさ》になにかを命じていて、それが伝わっているらしい。

そうして、血凝のなくなったあと、葛根《くずね》の粉をとかした薬湯《やくとう》などで、なんとか凌《しの》いでいた真秀に、今日、

「真若の兄王が、ウコンをもってきたわ。あげるから、御館《みたち》においで」

と五百依姫《いおよりひめ》から、伝言がきた。

めったに手に入らない薬草をくれるのも、真若王なりの、以前にはなかった気づかいには違いないのだ。

「ウコンはなかなか、ヤマトに根づかないわね。何度も、根を植えてみるのに、うまく育たないのが悔しいわ。薬にもなるし、いい黄色をだす染料にもなる薬草なのに」

五百依姫は小籠《こかご》のなかの薄片をつまみながら、

「これ、ほんとうは大王《オオキミ》に献上する染料にと、南方から運んできたのよ。それをすこぅし、真秀のほうにも分けてやれって、兄王のおいいつけなの」

と笑った。

真秀はうわの空で、愛想笑いをうかべた。

血のたりない体をあたためる貴重なウコンの茎根は、染料にすれば、黄色に赤を一滴おとして滲《にじ》ませたような、微妙な色あいをだす。

でも、その色をだすためには、真秀の背丈ほどもある大甕《おおがめ》いっぱいのウコンを、おしげ

もなく使うのだ。

それだけのウコンがあれば、どれほどの煎じ薬ができることか。

病《やまい》をいやすための薬草を、身をかざる布のためにムダ遣いする大王や王族の連中を、真《ま》秀《ほ》は心底、

（憎い）

と思う。

なにがヤマトの大王だ。なにが、いい色をだす染料だ――という悔しさが、こみあげてくる。

五百依姫は悪い人ではないとしりながら、すぐには、お礼の言葉もでてこない。

「ありがとう、五百依姫。すぐに御影《みかげ》に、のましてやりたいから……」

それでも、しいて礼をいい、小籠をもって立ちあがった真秀を、五百依姫はあら、というように見あげた。

五百依姫は、今年で十七になる。

同族や友族《ともがら》の王子たちから、ひっきりなしに妻問《つまど》いの打診をうけているだけあって、いまが盛りの美しさだった。

大事に育てられた姫は、感情を隠すということがなく、思ったことが素直に顔にでる。

今も、真秀がもらうものをもらうなり、すぐに帰ろうとするのを、味気なく思っているのがありありと面《おもて》にでていた。

「いま、真若《まわか》の兄王は、対岸の高島《たかしま》にいってるけど、じきに戻るわ。交易船の無事をいわって、今夜は宴よ。そのときは、真秀もおいで」

「え、なんで」

真秀はびっくりした。

これまでは野洲《やす》の邑《むら》の、どんな宴にも、真秀たちはでなかった。

というより、ちらりと顔をだすだけで、イヤな顔をされたのだ。昔はヨソモノということで。ここ数年は、御影の病がうつるという、ゆえのない偏見のために。

五百依姫は、そんな族人《うからびと》たちの偏見など知らぬげに、当然じゃないのというように笑った。

「なんでって、兄王にお礼をいわなきゃ。大王の献上品を分けてもらったこと、軽く思ってはいけないわ」

「…………」

「いいわね。夜には、おまえも宴にくるのよ」

なかなか返事をしない真秀に、すこし苛立《いらだ》ったように、五百依姫は笑いながら重ねていった。

「くれば、あけびの実や、とれたての魚もどっさりなのよ。そうそう、それに魚のすり身の燻製《ほしじ》なら、御影も喉《のど》をとおるわ、きっと。それにあけびの実のような甘いものは、疲れをとるわ。体にいいのよ。どう？　くるでしょう？」

「……うん」

真秀はつりこまれるように、こくん、とうなずいてしまった。

食べもので釣られるのは恥ずかしいけれど、あけびの実やヤマブドウなどの果実なら、御影も無理をせずに食べられる。新鮮な魚のすり身の燻製も、ありがたい。

御影のためになると思うと、今はもう、意地をはったりイヤがったりしているときではなかった。

「そのときは、真澄《ますみ》もつれていらっしゃい。妹の御井津《みいつ》はね、真澄がお気に入りみたいよ。まだ子どもなのに、美しい男をみて喜ぶなんて、なまいきよね。うふふ」

楽しそうに笑う五百依姫に、ぺこりと頭をさげて、真秀は御館をあとにした。

どんなに優しくても、やはり王族の姫には、御影の病を身にしみて心配するほどの切実さが欠けている。

それよりは、真澄と真秀の兄妹への好奇心が先だつのだろう。

（無理ないわ。五百依姫は、よくしてくれるほうだし……）

そう思いながらも、やはり淋しかった。

丹波《たんば》での一件──

真秀が女ひとりを殺しかけたのをしりながら、その現場を、じかに見たわけではない五百依姫は、月日がたつほどに恐怖心が薄らいでしまったらしい。

それにつれて、真澄と真秀への興味がますようで、このごろでは、なにかと理由をつけて側近くに呼ぼうとする。

真澄がもつ〝霊力《ちから》〟とやらを、なんとかして、その目で確かめてみたいと好奇心をつのらせているのだ。

そんな五百依姫の好意に甘えれば、御影のためにもなることがわかりながら、真秀はなるべく避けていた。

あの丹波での夜、悔しさのあまり、

「真澄は霊力のある身よ！」

と叫んだことを、真秀は今では後悔していた。

真澄の霊力は、真澄と真秀だけに通じるもの、ふたりの兄妹の唯一のたからだった。

それを五百依姫のように好奇の目で見られるのはイヤだったし、なにより、あの夜の興

奮が醒《さ》めてみると、またしても、
（いつか、真澄の霊力のせいで、ふたりがひき離されたら）
という不安が胸をかすめるのだ。
真若王《まわかおう》が口止めしているのか、あの夜のできごとは、噂《うわさ》にもならずに秘められている。
今のところ、それだけが真秀の救いだった。
刈り入れの水田を遠く離れた、やわらかい葦原《あしはら》を走り、真秀は小屋にかけもどった。

2　御影《みかげ》

荒薦《あらこも》をかきあげて中にはいると、小屋の真ん中にある炉《ろ》には、すでに火が入っていた。

そのそばで、火《ほ》あかりを頬《ほお》にうけた真澄《ますみ》が、ぼんやり座っている。

「どうしたの、真澄。火なんか」

思わずいうと、

(真秀《まほ》、ウコンの花と茎根《くきね》をもらっただろう)

気配を感じたのか、真澄が笑いながら、ふり返った。

(真秀のかえりが遅くて、心配してたら、ふっと見えた。御館《みたち》のなかで、真秀がウコンの籠《かご》をもらってるのが。干したウコンの黄色が、鮮やかだった)

(それで、煎《せん》じ薬《ぐすり》つくるのに、火をおこして待ってたの?)

(そう)

(でも、その粗朶《そだ》は……?)

炉で焚《た》きつけた粗朶は、よく乾いた火付きのいいもので、そこいらに落ちているものではなく、山に入らなければ集められないものだ。

そうして奴婢《ぬひ》には、勝手に山に入るのも許されていない。

(小屋の外にでて、薪《まき》小屋のほうにいったら、そこにいた女がくれた。薪も)

(薪？)

驚いて、ふと小屋のすみをみると、確かに薪が三束、つんである。

たぶん手ぶり身ぶりで、真澄の欲しがるものがわかった女は、人目を盗んで、真澄といっしょに持ってきてくれたのだろう。火付きのいい粗朶もろとも。

「あいかわらずね、真澄はさ」

真秀は思わず笑いだしながら、ウコンのはいった小籠をわたした。真澄は馴《な》れた手つきでうけとり、煎じるために、壺《つぼ》や水の用意をはじめる。

煎じ薬は真澄にまかせて、真秀は御影《みかげ》のそばに座った。

藁《わら》をしいて横になっていた御影は、真秀をみて、すこし身じろぎした。

「御影。ウコンの煎じ薬ができるよ。きっと、体があたたかくなって、血もとまるわ」

額にかかった髪をそっとかきあげてやり、耳もとで囁《ささや》くと、青じろい御影の口もとに、ふっと、笑みがうかんだ。

「みかげ、ウコンしってる。ずっと昔、ミチノウシ、くれた」

乾いて白くひびわれた唇から、ほそぼそしい、それでも木琴《きごと》の絃《げん》がゆれるような澄んだ声が洩《も》れた。

真秀はうん、とうなずいた。

内心では、御影の記憶力に、今さらのように驚きながら。

「御影はあたまがいいわ。よく覚えてるわね」

「にがくて、ヘンなあじ、した。においも、した。まずいね。ウコン、みかげ、きらい」

「そんなこといったら、バチがあたるよ、御影」

思わず吹きだすと、御影も弱々しく笑った。

「マホ、わらう、よかった。きのう、さびしいカオ。そのまえも。でも、いま、わらうね。マホがわらうの、みかげは好き」

「ウコンが手に入ったからよ。御影の病《やまい》がはやく治ったら、あたし、もっと笑うよ。一日じゅう、笑ってるよ」

ふざけて軽口をたたくと、御影はますます楽しそうに、口もとだけで笑った。

笑うと、青ざめて痩《や》せた顔に、かすかに血の気がのぼってくる。

御影が若かったころ、そうして健康だったころ――

この野洲《やす》の邑《むら》にきて、真秀を生んでまもないころの御影は、神々の愛児《まな》で、たわむれの恋の相手にしてはいけないはずなのに、それでもなお、いい寄る男たちがたくさんいたという。

美知主《みちのうし》が禁じておかなければ、たぶん、そんな男たちに愛されたに違いないと、真若王もいっていた。

その美しさのかけらが、痩せこけた頬や、額のあたりに残っているだけに、いまの病の篤《ふか》さは無残だった。

やつれを見まいとして目を伏せた真秀は、御影のみすぼらしい衣《きぬ》の、腰から下あたりの血の汚れを見てしまい、とたんに涙がうかんだ。

(御館にゆくときに、寝藁《ねわら》をすこし入れ替えておいたのに、もう……)

新しい寝藁にも、赤黒い血の跡が、てんてんと広がっている。

じっと見ていると、目の奥まで、赤黒く染まってしまいそうな不吉な色だ。

御影にどんな罪があって、こんな恐ろしい、体じゅうの血を一滴のこらず絞《しぼ》りとられるような病に、耐えなければならないのか。

「……サホ、かえりたいね……」

はかなく笑っていた御影が、ふと目を宙《そら》にうかせて、ぽつりと呟《つぶや》いた。

真秀はハッとして、思わず、兄の真澄をふり返った。

真澄は、御影のつぶやきが聞こえないから、熱心に炉の火をつついて、湯をわかしている。

もっとも、たとえ御影の呟きが聞こえても、〝佐保《さほ》〟の名は、真澄にどんな動揺も与えないに違いなかった。真秀が、佐保の名を聞くたびに胸をとどろかすのとは対照的に。

「佐保にかえりたい？　御影」

真秀はそっと、小声できいた。御影は、素直にこくんとうなずいた。

「……かえりたいね、しぬまえにね。サホはうつくしいクニ。春日《かすが》のやま、わかくさの山、きれいな……エガミとモガミのまもるクニよ……」

それきり、うっとりと夢見るようなまなざしになった御影に、真秀は破れた衾《ふすま》をかけてやった。

御影の口から、
（サホ）
という言葉が洩れるとき、そこには確かに、言霊《コトダマ》がこもっているように真秀には思われる。

その一瞬だけ、真秀の眼前《まなさき》に、うるわしい春日野《かすがの》がひろがるような錯覚をおぼえるのだ。

まだ見たこともない土地——国だというのに。

　春日野をわたる若草《わかくさ》の匂《にお》いをふくんだ風や、あちこちに湧く水の冷たさまでが、感じられるような気がする。

　丹波《たんば》から帰ってきたとき、真秀はなんの期待もせずに、御影にきいてみた。佐保を知っているかと。

　驚いたことに、御影はながいこと目を宙にさまよわせて、ふいに、ぱっと顔を輝かせたかと思うや、

「サホ、みかげのうまれた里。いいクニ。川、きれい。サホ、サホ……」

　愛《いと》しいものをなつかしむように、口のなかで、何度も佐保の名をくり返したのだ。

　あたかも、封じられてきた記憶が、真秀のひとことで堰《せき》を切ったようだった。

　それからというもの、真秀が、

「佐保のこと、おしえて。覚えてること、ぜんぶ、きかせて」

　とせがむと、御影はぽつ、ぽつとサホの名をくり返した。

　御影が口にするのは、

「うつくしいクニ。秋は、きんいろ。いいトチ、みず、きれいよ。イナ穂いっぱい……。神々、たくさん、あもる里。山もモエて、あかい。エガミとモガミのやま……」

そんなふうな、とぎれとぎれのことばかりだった。

けれど、全身で懐かしんでいるのがわかる。

御影は、自分が佐保を追放された身であることを理解してないのだろう、そのくせ、この野洲が佐保でないことだけはわかるらしく、熱に潤んだ目で、遠くをながめながら、

「うつくしいサホ、ああ、みかげ、うまれた、そこで。もいちど、みたいね……」

となんどもなんども呟き、真秀をせつなくさせた。

血凝《ちごり》もなくなり、また出血がはじまった夏の終わりごろから、しきりと、佐保に帰りたいと洩らすようになっているのも、いっそう、せつなかった。

御影を追放した母なる一族、佐保。

それは真若王《まわかおう》によれば、巫王《ふおう》の血脈《けつみゃく》の一族だという。

真秀は、それを忘れてはいなかった。むしろ、日をおうごと月がめぐるごとに、佐保への思いは募《つの》っていた。

御影がこれほど帰りたがっている佐保を、真秀もまた、その目で見たかった。日をおうごとに、その思いは灼《や》けるように強まってゆく。

(追放されたといっても、もう何年もたってるわ。それに、真澄はきっと佐保の血をひいてる。それでも、佐保の一族は、あたしたちをうけ入れてくれないいんだろうか)

うけ入れてくれないだろうかと思い惑う心の裏には、

（うけ入れてほしい）

と願う、祈りにも似た思いがあった。

けれど、どうやって佐保にゆけるというのだろう。

佐保はヤマト畿内《くにうち》の、どこかにあるらしい。淡海《おうみ》からヤマト国中《くになか》までは、せいぜいが二日の道のりだという。決して、遠くはない。

けれど、道のりの問題ではないのだ。

自分たち母子を追放した佐保の一族が、はたして今、あらたに受け入れてくれるのかどうか——

なによりも、それが真秀《まほ》の心に、重い楔《くさび》をうちこんでいるのだった。

けれども、日に日に、御影の病は重くなってゆく。

（もし、このまま御影が弱っていったら……死んでしまったら……）

考えまいと思っても、恐怖ににたそんな思いが胸をしめつけ、その思いはまた、

（せめて、死ぬまえに、佐保につれていってあげたいのに！）

という、どうしようもない焦りになって、真秀をおいつめているのだった。

せまい小屋じゅうに、かすかに刺激のある、つんと鼻にぬけるようなウコンの煎《せん》じ汁の

匂いがひろがった。

真澄が黄色い汁のはいった椀《わん》をもってきて、真秀の隣にすわった。

御影の唇に椀をちかづけると、きつい匂いに顔をしかめて、

「まずいよ、ウコン……」

とつぶやいたものの、諦めたように、ひと口ずつ飲みこんでゆく。

その飲みこむ力までが弱々しくみえて、真秀は思わず唇を噛《か》んだ。

とふいに、真澄がそっと、真秀の肩に手をまわして、やさしく抱きよせた。

（真秀。このごろ、イライラしてるね。疲れてるみたいだ）

（うん……）

心にじかに届いてくる声は、どうして、こんなに温かく優しいんだろう。思いつめて、こわばっていた心が、みるみる湧き水をえたように潤んでゆく。

両手で包みこむような真澄の心の声にすがるように、真秀は、真澄の胸に顔をおしあてて吐息をもらした。

（すこし、疲れてるかもしれない。なんだか体もだるくって……。御影のこと心配で、夜も、眠りが浅いし……）

（ときどき、真秀はサホのことを考えてるね）

するりと佐保《さほ》という言葉が胸にひびき、真秀は思わず顔をおこした。

（わかるの、真澄《ますみ》？）

（ときどき、きこえてた。サホにいきたいとか、追放されたとか、きれぎれの声ばかりだけど。サホは、ぼくらの一族の古里《ふるさと》なんだね？　それで真秀は帰りたがってる。ずっと前から、気がついてたよ）

（……真澄は古里に、帰りたいと思わないの？）

（ぼくには、真秀がいるところが古里だ。でも、真秀が佐保にゆきたいのなら、ぼくもゆきたい）

真澄は手さぐりで、真秀の髪を優しくなでてくれた。

こうして真澄に抱かれていると、なにもかもが満たされているような……――

……

ひとつ船にふたりで抱きあって眠り、すべらかな水の上を漂っているような、夢のつづきをみているような気持ちになってくる。

（あたしだって、真澄がいればいいのよ。真澄といるとホッとする。まるで、ひとつ胞《え》の中で、手をつないで眠ってる双子《ふたご》みたいに）

いいながら、真秀は思わず笑った。

この野洲《やす》の邑《むら》にも、ひと組の双子がいる。

もう二十もすぎた女の双子で、顔は見分けもつかないほどそっくりで、水汲《みずく》みをするにも、水浴びをするにも、いつも一緒だ。

大人のなりをしているのに、いつも手をつないで邑を歩いていて、ふたりには別々の夫《ツマ》もいるのに、それでも夫より、双子の片われのほうが大事なふうだった。

(あたしたち、きっと、双子だったのよ。なのに、真澄が急ぎすぎて、十二年も先に、生まれてしまったんだ。あたしを可愛《かわい》がってくれるために、真澄は先に生まれたのよ。もとはきっと、ひとつ胞《え》の双子よ)

(双子……?)

真澄はふと戸惑ったように呟き、どんな光をも吸いとってしまう青みを帯びた目で、じっと真秀をみつめた。

(おもしろいね、真秀。ときどき、ふしぎな里の風景がみえるんだ。そこには清らかな湧き水があって、鹿が水をのみにくる。するとね、真秀そっくりの女の子が、なにか食べ物をなげてやる。鹿はすっかり馴《な》れていて、逃げなくて、それどころか、真秀そっくりの女の子に、なついていくんだよ。その子は優しい子だから、鹿もわかっているんだ)

(あたしそっくりな子?)

真秀はくいいるように、玻璃《はり》のように透きとおった真澄の目を、熱心にのぞきこんだ。

現実には、なにも見えない美しすぎる彼の目は、ときおり、闇のむこうに、なにを見ているのだろう。

(あたしの顔もしらないくせに、わかるの?)

(わかるよ。真秀はすこし丸い顔で、大根《おおね》のように白い肌で、夜のように真っ黒な髪だ。そうそう、それに唇は小さい。いつも悔しがって唇を噛んでるから、赤いんだ。もう少し、おっとりした性格にならないと、そのうち唇に歯形《はがた》がのこるよ)

からかいめいた声に、真秀はカッと赤くなって、

「なにさ!」

真澄の胸をこぶしで叩いたものの、それでも、あまりにそのとおりの顔なので、アハハと笑いだしてしまった。

真澄もおかしそうに、声もなく笑った。

(その子は、ほんとうに真秀ににている。でも、双子じゃない。それはわかる。でも、誰なんだろう。それに、あの里の風景はなんなんだろう。ふっと、闇から浮かびあがるように、まざまざしく見えるんだ。神々が天降《あも》るにふさわしい、姿のよい山にかこまれた、よい匂いのする里だよ。豊かで、きよい。神々のゆるしに満ちた土地だ)

（それ、佐保かもしれないわ。あたしがあんまり、佐保のことばかり考えてるから、真澄の霊力《ちから》が感じとって、佐保をみせてくれるのよ、きっと）

どこまでも軽口のつもりで――真澄の霊なる力を言祝《ことほ》ぐつもりで、笑いながらいったのも束《つか》の間《ま》、ふと、

（もしかしたら、ほんとに、そうかもしれない……！）

という驚きににた思いが、わきあがってきた。

丹波《たんば》から帰ってきてから、真澄は前にもまして、一瞬の光景を目にすることが多くなっている。真秀がつよく心の中で思わなくても、真秀の心にうかぶ断片を、なにげなく読みとることも増えている。

真澄の霊力がどんな神々の恵みなのか、そこにどんな神意があるのかは、わからない。けれど、真澄の力は、確かに、強まっているのではないか。真秀の心の叫びに感応《こた》えて、時間も道のりもこえて、とおい風景を招《よ》びよせるほどに。

「おい、真秀。いるか」

ふいに、荒薦《あらこも》のむこうで、野太い声がした。

真秀はあわてて立ちあがり、薦をすこしだけよけて、外をのぞいた。

たっていたのは、鮒彦《ふなひこ》だった。

長いこと姿をみかけなかったのは、掖久《やく》の島々をめぐる交易船にのっていたからだが、今朝がたの船で、戻ったのだろう。

「なによ」

外にでて、もうクセになっている挑みかかる口ぶりでいう。

鮒彦は苦笑いしながら、椎《しい》の葉の包みをさしだした。

「ウサギの肉だ。皮を剝《む》いて、ハラワタを抜いてある。すぐに焼いて喰えるぜ。御影《みかげ》に喰わしてやれよ。とれたてのやつだ」

「とれたてのウサギ？　どこで獲ったの」

「今朝がた、野洲にきて、すぐに真若王《まわかおう》どののおともで高島《たかしま》にいったのさ。たった今、戻ってきたとこだ。高島の野っぱらに仕かけた罠《わな》にかかってたやつを、おまえの土産《みやげ》にと思って貰ってきてやった。あとで、毛皮で襟巻《えりま》きでもつくってやる。白兎《しろうさぎ》だから、ちょいといい飾りになるぜ」

「……うん。ありがと」

素直にうけとりながら、このごろは鮒彦たちに、お礼をいうことが多いなと自分でもおかしくなってくる。

礼をいうようなこと――

こうやって肉をくれたり、水汲《みずく》みを手伝ってくれたり、漁の網《あみ》からもれた雑魚《ざこ》をさし入れてくれたりするので、以前のように、憎まれ口をたたくわけにもいかず、真秀《まほ》は内心、すっかり戸惑っていた。

どうして、手の平を返したように親切にしてくれるのか、気味が悪くないといえば嘘になるけれど、たぶん真若王にいいつけられているのだろうと思うことにしていた。

実のところ、鮒彦たちの差し入れには、ずいぶん助かっているのだ。

「で、御影はどうだい」

と鮒彦はおずおずといい、こう下手《したで》にでられると、

（あんたに関係ないでしょ）

ともいえないなと笑いながら、首をふった。

「この肉も、のどを通らないかもしれない。胃の腑《ふ》もよわっているのよ。でも、ウサギの肉は、真澄《ますみ》も好きだから」

「真澄か。おまえらは、ほんとに、そのう、心の声とかで、しゃべりあってんのか」

にわかに声をひそめて、探るようにいう鮒彦の目に、焦れたような鋭い光がほのかに浮かび、真秀は一歩、あとずさった。

その目には、身におぼえがある。

丹波の宴《うたげ》の夜、国見岡《くにみおか》で、和邇《わに》の男たちが真秀の腕をつかみ、

「草床《くさどこ》をつくれ。肌をおがもうじゃないか！」

と笑いながら――

けれども一歩もひかぬ本気の声で叫んだときの、あのときの目に似ているのだ。油断がならない。いつ乱暴なマネをするか、わからぬ目なのだ。

真秀は全身を固くして、キッと鮒彦を睨《にら》みつけた。

「そうよ。いつでも、しゃべれるわ。今だって、真澄をよべるのよ。呼んでみせようか」

「おっと、よせよ。諺《ことわざ》にもいうさ、〝神の沙庭《さにわ》に、荒足《あらあし》をふむな〟と」

鮒彦は両手をあげて、陽にやけた浅黒い顔を、しかめた。

五百依姫《いおよりひめ》のように、真澄の〝霊力《ちから》〟を確かめてみたいという、子どもじみた好奇心は、ついぞ、男たちの胸には萌《きざ》さぬらしい。

もともと霊力や巫女《みこ》の技は、女の身に具《そな》わるもの。

男の鮒彦には、好奇よりは、ウス気味悪さのほうが強いのかもしれない。

神を招《よ》ぶ巫女が、男の神官に神をおろすこともあるが、そのときでも、神官は女の衣《きぬ》をきたり、領巾《ひれ》をまとったり、木綿《ゆう》を肩からかけたりする。

男の気配を消すことで、ようやく神がおりるわけで、よほど男たちは神々と相性が悪い

のだ。

「おまえも、そろそろ歌垣《うたがき》にも出ようかという年ごろなのに、いつまでもマスミ、マスミじゃないだろ。少しは、真澄から離れたらどうなんだ。ふたりきりで話したいこともあるのに、いつもベッタリじゃないか。やりにくくてしょうがない」

「やりにくいって、なにがよ。ふたりきりで話したいことって、なに。今、いえばいいじゃない」

「いや、だから歌垣でもさ。まさか、真澄といっしょに歌垣に交るわけじゃないだろ」

「歌垣がなによ」

真秀はぴしゃりといった。

歌垣というのは、春と秋、三上山《みかみやま》の中腹の野原で行われる、若い男女の宴だった。

どこの部族でも、それぞれの神山《かみのやま》のふもとで、そうした宴が催《もよお》される。

そこでは男と女が、恋の歌をよみあい、恋心をかわしあい、おたがいの気持ちがあえば夫婦《イモセ》になる。そのまま家族になる男女もいれば、宴の夜だけの、ただ一度の婚《よば》いで終わることもある。

どちらにしろ、歌垣の夜にめばえた恋は、神々のゆるしのもと、一族の子孫繁栄《しそんはんえい》をねがう儀式でもあって、神聖なものだった。

歌垣の時季がちかづくと、とりわけ若い男や女は、みるからにうわの空で、詠《よ》みあう歌の少しでも気のきいたものを……と、頭を悩ませている。

でも、そんなことも、真秀には関わりがなかった。

（あたしは息長《おきなが》の子じゃないんだから、息長の連中となんか、恋をするもんか）

というのが、恋がなにか、よくわからない真秀なりの、かたい決心なのだ。

「あたしは歌垣なんか、でないもん。ただの宴をのぞいただけで、みんな、イヤな顔するじゃないの。歌垣だって、そうよ。みんな、きっとイヤがるし、あたしだってイヤだ」

「今までとは、事情がちがうさ。おまえも息長の邑《むら》で育ったんだ。年頃になれば、歌垣にでるのも務めのひとつってもんだ。それとも、おまえ、まさか佐保《さほ》の古い習わしみたいに、同母兄《いろえ》と……」

といいかけた鮒彦《ふなひこ》が、ぴたりと口をつぐむのと、真秀が鮒彦の袖《そで》をつかむのは同時だった。

すばしこい兎が、狩人《かりゅうど》の気配に耳をたてるように。佐保の名がでさえすれば、真秀は思わず耳をそばだててしまうのだ。

真秀はつかんだ袖を、ぎゅっと握った。

「鮒彦、あんた、今、なにいったの。なにか、佐保のこと知ってるの？　同母兄が、どうかしたの？」

　思わず、声がうわずる。

　佐保への執着は、佐保に関することなら、なんでも知りたいという渇望《かつぼう》をうんでいた。けれども、真秀のまわりでは、だれも佐保のことを知らないのだ。

　鮒彦だって、今まで知ってるふうでもなかったのに、どうして……と思うまもなく、

「まいったな」

　鮒彦は苦笑いした。

　それでも少しでも真秀の気をひけたのを喜ぶように、太い眉《まゆ》のしたの目を、くりくりさせている。

「おれも、ちらっと小耳にはさんだだけさ。詳しいことはしらないし、うかつなことをいえば、真若王どのにこごとを食らうからな」

「真若王がなんで……」

「さあな。真若王どのにも、お考えがあるんだろう。今度の交易の帰りは、瀬戸内《せとうち》をとおって、難波《なにわ》の湊《みなと》で荷揚《にあ》げしたんだけどさ。難波の泊まりに、和邇の長老たちが出迎えにきてた。真若王どのは、和邇の連中と、なんか、しきりと佐保の話をしておられたぜ」

「佐保の話を？」

「ああ。いつがいいとか、佐保の血は強情だから、うっとうしいとか、美知主王《みちのうし》の命令だから仕方がないとか、なんとか。たいそう難しいお顔でいらした。もしかしたら、おまえらを佐保に送りかえすおつもりじゃないかと心配になっちまったよ」

ほんとうに心配しているらしく、愚痴《ぐち》をこぼすような鮒彦のしかめ面《つら》を、真秀はまじまじと見返した。

(真若王が、あたしたちを佐保に送りかえす……?)

一瞬たりとも考えてもみなかったことだけに、目のまえで薪《まき》が爆《は》ぜたような驚きだった。

どうして真若王が、あたしたちを佐保にかえしてくれるんだろう。

真澄の霊力を気味わるがっているのか。それとも〝巫王《ふおう》の血脈《けつみやく》〟だという佐保への畏《おそ》れが、あるのだろうか。あるいは、美知主がなにか、はからってくれるのか……。

たかが鮒彦のいうこと、

(どこまでが本気で、どこまで、からかってんだかしれないわ)

まじめに相手にしてはいけないと思いながら、まるで暗闇にあかりが灯ったように、気持ちが浮きたってくる。

ここしばらく、御影《みかげ》の看病づかれやら、心配やらで鬱々《うつうつ》としていたのがウソのように、カッと頰《ほお》が熱くなってくるようだった。

つい顔がほころんできて、とても鮒彦の相手なんか、していられない。

「ウサギの肉、ほんとにありがと。じゃあね」

椎《しい》の葉の包みを両手でささげて、もう一度お礼をいい、真秀はさっさと小屋のなかに戻った。

御影は寝入っており、部屋にはかわらず、ウコンの煎《せん》じた匂《にお》いがただよっている。

真澄はいつになく不機嫌そうで、ものうい表情で片膝をたてて、頬杖《ほおづえ》をついていた。

(真秀、いまの鮒彦だね)

となりに座った真秀に、真澄はやはり、ものうい表情のまま話しかけてきた。

(わかったの？　気配で？)

(……うん。きっと、そうだと思った。でも、なんだかヘンな気配がしたな。あいつは、いつか真秀を傷つけるかもしれない。いやな気持ちだ)

めったに人の悪口をいわず、人をけなすことなど思いもよらない真澄にしては、こわばった声音《こわね》だった。

記憶のむこうにあるものをひき寄せようとするように、目を細めている。

闇も時間もすりぬけて、なにかを見抜くような鋭い光が、一瞬、真澄の両目に走ってきえた。

（なんだか、とてもいやな気持ちがする。ざらざらする感じだ。こんなことは初めてだ。どうしたんだろう、すごく不安だ）

（このごろ、真澄の力がどんどん強まっているのよ、たぶん。それで今は、かえって何かを感じすぎるのかもしれないわ）

真秀は明るく、心の中でいった。

真若王《まわかおう》が、もしかしたら自分たちを佐保《さほ》に送りかえすつもりかもしれないという思いがけない話に、真秀はすっかり心を奪われてしまっていた。

真澄のしろい頬にまだ残る、不快げな色を払うように、指先で彼の頬をつつきながら、

（育ちざかりの子どもが、ぎくしゃくするみたいに、真澄の霊力はいま、波があるのよ。きっと、そう。真澄は佐保の血を、濃く、うけ継いでるにちがいないわ）

（佐保の血を、濃く……）

（うん。真澄は神々に愛されて、ふしぎな力をいただいてるんだもの。その力があれば、きっと、いつか、なにもかもうまくいくわ。御影だって、佐保に戻れるかもしれない。佐保に戻れば、御影の病も、よくなるかもしれないわ。生まれた土地には、地霊《くにたま》の神々が宿ってるわ。神々は、そこで生まれた御影をいとしんで、助けてくださるかもしれない）

根拠のない、そのくせ希望にみちた思いが、つぎからつぎへと、湧き水のように溢《あふ》れて

きてしまう。

気が昂《たかぶ》っている。すこし落ちつかなくちゃ。

そう思うのに、一度、夢みたいなことを考えると、夢がさらに大きな夢をよんで、明日を輝かせてしまう。

そんな単純さ、子供っぽさが恥ずかしく、けれど真秀はいま、その明るい希望の波に、いっとき身をゆだねてみたかった。

真若王が、あたしたちを佐保にかえしてくれるかもしれない……――

そうなれば、どんなにかいいだろう。どんなに。

(真秀も、急にうれしがったりイライラしたり、波があるね)

真澄はおかしそうに笑った。

(でも、真秀が喜んでると、ぼくも嬉しい。このごろ、疲れてるみたいだったから。でも、やっぱり、なんだか、なにかが……)

真秀のはずむ気持ちに、水をさすのを遠慮《えんりよ》するように、真澄はそのまま黙りこみ、あやふやな微笑《ほほえ》みをうかべた。

3　佐保《さほ》の伝説

湖《ウミ》のかなたに陽が沈むころ、交易船の帰還をいわう宴《うたげ》が、邑《むら》の広場ではじまった。

おしよせる夕闇をはね返すように、あちこちで焚《た》かれる篝火《かがりび》。

炙《あぶ》られて、脂《あぶら》をしたたらせる獣肉《けものにく》。

封をきったばかりの酒甕《さかがめ》から、おしげもなく、瓠《ひさご》で汲《く》みだされる醸酒《かもざけ》。

それでも足りずに運ばれる、とろりとした濁《にご》り酒。

残りすくなくなった高倉《たかくら》の稲籾《いねもみ》の蓄《たくわ》えを喰いつくそうとばかり、土鉢《つちばち》に山盛りにされる蒸したばかりの、うっすらと尾花色《おばないろ》した、つやつやした強飯《こわいい》。

それらは、新嘗《にいなめ》の祭りかと思うほどの贅沢《ぜいたく》さ、にぎわいだった。

交易船は、この野洲《やす》の邑にかぎらず、息長《おきなが》一族のたくさんの邑々に、莫大《ばくだい》な富をもたらしていた。

こんどの船は、南の島々――

筑紫《つくし》はもちろん、掖久《やく》や阿麻弥《あまみ》までめぐってきたという。

大きなエビの燻製《ほしじ》や、イルカや人魚の海獣肉の干したもの。

そのほか、絹や薬草、酒やサンゴや貴石、燃える石などが主な積み荷だ。でも、それはまだ、小さな取り引きなのだ。

海のかなたの韓土《から》との交易では、ねり鉄《がね》や金《かね》、銀《しろがね》はおろか、精巧な剣《つるぎ》や、金を張った馬具など、まばゆいばかりの富がどんどん運ばれてくる。

韓土の、さらに向こうの大陸からは、〝燃える水〟のような、不思議な、怪しいものさえ運ばれてくるのだ。

絹も石も鉄《くろがね》も金も。銀も銅《あかがね》も馬も人さえも。

「息長の交易船が扱わないものは、この世にはないのさ」

と真若王《まわかおう》が豪語するのも、あながち、ウソではない。

息長豪族《ごうぞく》は、秋の稲穂《いなほ》だけで生計をえるヤマトのほかの部族とは違い、海《うみ》の幸《さち》、湖《ウミ》の幸はもちろん、交易による莫大な財《たから》が、その背景にあった。

だから交易船が戻ってきたときの宴は、新嘗の祭りほどの神々《こうごう》しさはないかわり、華やかさや規模では、新嘗祭にもまさっているのだ。

美しく着飾った女たちは、船にのりこんでいた男なら、たとえ下っぱの楫子《かこ》であっても、先を競ってとりかこむ。

交易船で働いた男たちはみな、ひとつやふたつ、異国の珍しいみやげの品を腰袋にかくしているから、それが目当てなのだ。

女たちの媚《こ》びを味わいながら、男たちは異国で仕入れてきたふしぎな話を、唾《つば》をとばして、しゃべりあう。

女たちは熱心に耳をかたむけ、はるかな異国への憧れに目を輝かせて、酔いしれる。

交易の船旅は、決して安全とばかりもいえないのに、希望する者が絶えないのは、今夜のような宴で、いい思いができるからだった。

沈む陽といれかわるように昇った十四夜の月あかりを浴びて、人々は飲み、喰い、笑い崩れていた。

邑中《むらじゅう》にちらばる、そんな幾つもの人の輪を、一望のもとに見わたせるよう土盛りをした場所に、王族たちをかこむ宴の桟敷《さずき》は、しつらえられていた。

真若王や五百依姫《いおよりひめ》たち王族を中心に、邑長《むらおさ》や長老たち、若い腹心の部下たちが彼らをとりまいている。

その周りを、特別にきかざった従婢《まかたち》らが、蝶のようにかろやかに酌《しやく》をして回り、つぎつぎと饗《にえ》を運んでいた。

「いや、そこには島の女に生ませた、三つになる、おれの子どもがいるはずなんだが、顔がわからないのさ。なにせ年に一度、会えばいいほうだからな」

真若王もさっきから、しきりと南の島々のみやげ話をしゃべっていた。

とりまきの男たちは酒で赤らんだ顔で、笑いながら相槌《あいづち》をうつ。

五百依姫たちも、領巾《ひれ》で口もとをかくしながら、くすくすと笑っている。

真秀《まほ》は、人々から少し離れたところで、真澄《ますみ》とふたり、もぐもぐとあけびの実を食べては、ぺっぺっと種を吐きだしていた。

(ああ、気持ちが悪い……)

真秀は顔をしかめて、ふと真若王たちの人垣のほうをちらっと盗みみた。

鮒彦《ふなひこ》の話をきいてから、真秀はすすんで宴にでるつもりでいた。真若王に、佐保《さほ》のことを聞いてみたかったのだ。

ところが、宴にでるまえに、ほんのひとくちのつもりでウサギの肉をあぶり、食べたのが間違いのもと、ひどく気分が悪くなってしまった。

肉が腐っていたのかと思ったが、獲れたてだというし、真澄は美味《おい》しいという。

気のせいかと思って、むりやり宴にきたものの、時がたつにつれて、どんどん吐き気が強まってくる。

よく熟《う》れた紫色のあけびの実の、たっぷりと甘味《あまみ》をふくんだ白い果肉の汁さえ、胸につかえてくるようだ。

体も妙に熱っぽく、だるい。

真若王がバカ話をやめて座が崩れたら、そのとき彼をつかまえて、佐保のことを聞こう、それまで我慢しようと待っているのに——

真若王の艶話《つやばなし》はなかなか、終わりそうにもなかった。

「それでだ。そこにちょろちょろ走ってくる子がいるんで、おお、おまえが吾子《あこ》か、いい子だと抱きあげてやったら、そのチビ、この弓男《ゆみお》が島の女に生ませた子だったのさ。まいったよ！」

「いやいや、真若王どのも、あの女とはイロイロ、あったでしょう。あの子が、どっちの子か、知れたものではありませんぞ」

「まあ、確かにあの女とも、いい夢をみたよ。ねっとりした黒蜜《くろみつ》のような肌は、さすがに南の女さ。いい女だったね。だが、あのチビは、おまえの子だ。やぶにらみの目が、そっくりだったじゃないか。おれの子なら、もっと可愛いはずだ」

「こりゃ、ひどい！」

「まあ、お兄さまったら」

男たちの笑い声にまじって、五百依姫や御井津姫《みいつひめ》も楽しげな笑い声をあげる。

（バカ話ばっかり……）

真秀はもう、ほとほと呆《あき》れはてて、吐き気や体のだるさをこらえながら、真澄の膝のまえの小皿を整えてあげた。

鴨《かも》のつつみ焼きや、李《すもも》を蜜で煮たもの。

稚鮎《ちあゆ》を醤《ひしお》で煮しめたものや、黒砂糖をまぶした豆のようなものもある。

いくら宴とはいえ、族人《うからびと》たちにはゆき渡らないような美味物《ためつもの》が供されているのは、さすが王族の席で、

（こうなったら、真澄にできるだけ食べさせてあげよう。あと何年先に食べられるか、わかんないような珍味《うづのもの》ばかりだもん）

耳を塞《ふさ》ぎたいような、あからさまな女自慢の話を聞かないためにも、真秀はこまごまと真澄の世話をやいた。

こんな騒がしさの中でも、音をきかない真澄は、まるで真秀とふたりきりのように、おだやかに、静かに食べている。

放恣《ほうし》で猥雑《わいざつ》な気配は感じても、それが邪悪なものではなく、ただ宴特有のものだと思いきれば、いつでも孤独な夜の緘黙《しじま》の世界に、ひとり、漂うことができるのだ。

真澄はいま、宴の熱をやりすごすために、真秀の心を読むこともやめて、自分だけの世界にこもり、くつろいでいる。

それは音をきかず、目はものを見ず、言葉をもたない神々の愛児《まな》にだけ許された、希有《けう》な力のひとつに違いなく、真秀には少し羨《うらや》ましかった。

解《と》き髪《がみ》がみだれて、頰《ほお》にかかっていたので、それを指で払ってやっていると、

「おい、真秀。そうやっていると、ほんとうに、佐保の、兄神《エガミ》と妹神《モガミ》のようだな」

ふいに、車座《くるまざ》の中央にいた真若王が、酒で濁《にご》った声をかけてきた。

真秀ははっとして、ふり返った。

とたんに、人垣をこえて、じっと自分に注がれている真若王の、篝火《かがりび》をうけて黒々と光る目にぶつかって、ひるんだ。

その目には、からかいの色と、それとは別の、強い光があった。

あたりに満ちた笑い声や歌声にまぎれて、佐保の名を耳にしても、座の人々は聞き流しているふうだった。

けれど真秀の耳には、真若王のいった〝佐保〟という響きが、はっきりと残っている。

（わざといってるんだわ、真若王は）

佐保の名を口にすれば、どんなときでも真秀の心をふり向けることができるのを、真若王はとっくにお見通しなのに違いなかった。

「佐保の兄神、妹神ってなによ、兄さま」

今年で十三になる御井津姫が、姉姫によりかかりながら、いった。

真秀よりひとつ年下の姫なのに、なぜか、今年の春ごろから、族内《うからうち》では一人前の女扱いされるようになり、そのせいかどうか、おませな口をきく。

「佐保って、大王《オオキミ》のいらっしゃるヤマト国中《くになか》にあるクニでしょ。なあに、なあに。それは、どんなお話よ。おもしろいお話なの？」

「まあな。帰り船をつけた難波《なにわ》の湊《みなと》に、和邇《わに》の長老たちが出迎えてて、やつらから、いろいろヤマト畿内《くにうち》の話を仕入れたんだ。今までの話は、男の話だ。ひとつ、御井津や五百依のための話をしてやろうか」

目だけは人垣をこえて真秀にあてながら、真若王はぐいと盃《さかずき》をほし、唇にのこった酒をぺろりと舐《な》めた。

酔っているようにみえて、真秀にあてる目の力は存外につよい。

決して、酔いのざれ言ではない、自分に聞かせようとしているんだと、真秀は全身を耳にしていた。

「春日野《かすがの》の佐保は、大和《やまと》の東かた、山代《やましろ》の国境《くにざかい》にちかくて、古い一族がすんでる。春日野は、大和でも一、二の豊かな土地だ。その春日野をかこんでるのが春日山《かすがやま》と、若草山《わかくさやま》だ。どっちが兄神《エガミ》で、どっちが妹神《モガミ》かは聞きもらしたがな。ともかく、ふたつの山は兄妹なんだ」

「ふーん？」

「ふたつの山は、同母《イロ》の兄妹なのに、おたがいに恋しあっていたんだとさ」

「あら、すてき！」

自分むきの恋の話になって、おませな御井津姫がはしゃいだ声をあげる一方で、

「なんだか、不吉な伝説ね、それって。わたくし、イヤだわ」

おっとりした、けれども掟《おきて》や習わしには従順な五百依姫が、不快そうに、かすかに眉《まゆ》をひそめた。

ヤマトの大王《オオキミ》の統《す》べらせたもうヤマトでは、もうかなり昔から、異母《コトハラ》の兄妹の結婚はありふれていても、同母の兄妹の恋は、かたく禁じられた禁忌《いましめ》になっている。

聖なるものも、卑《ひ》なるものも、母からつたわる人の世にあって、同母の血は、闇も光も、すべてを等分に伝えてしまう。

たとえ光が重なっても、闇もまた闇を重ねて、底しれぬ冥《くら》さをますことを、大王の祀《まつ》る神々は厭《いと》うておられるのかもしれない。

たとえ伝説であっても、禁忌に触れる話をいやがる姉姫に、御井津姫はつんと顎《あご》をつきだした。

「いいじゃない、お姉さま。伝説よ。人の世のお話じゃないのよ」

「伝説は、その一族につたわる真実よ。神々のさだめた禁忌にふれる伝説をもっているなんて、佐保《さほ》の一族はずいぶん……」

といいかけた五百依姫《いおよりひめ》は、しかし、すぐに黙りこんだ。

御影《みかげ》が佐保の出だというのを、ふっと思いだしたらしい。

ちらりと真秀《まほ》たちのほうに目を走らせて、気まずそうに、領巾《ひれ》をもてあそんでいる。

真若王《まわかおう》はまたも盃をほしながら、笑った。

「まあ、いいじゃないか。とおい昔には、同母兄弟《イロセ》と同母姉妹《イロモ》が夫婦《イモセ》になって、一族を守ることがよくあったんだ。何百年も、何千年も前にはな。そのころから伝わってる伝説なんだろうよ」

「じゃあ、佐保の一族は、ずいぶん古い、野蛮《やばん》な一族なのね。今はあたらしい大王の御世《みよ》なのに、そんな古い伝説をもってるなんて」

なにも知らない御井津姫が、むしろ古びた物語を楽しむようにうっとりという。

真若王はいよいよ鋭い目を真秀にあてながら、挑むように大声で笑った。

「そう。古くて古くて、苔《こけ》のうえに苔がはえるほどの一族さ」

「兄さまったら。うふふ」

「まあ、きけよ。兄神は、妹神を愛していた。どうしても妻《ツマ》にしたかった。ある時、長雨がつづいて、妹神の山姿が、雨にけぶって見えなかった。兄神はそれですっかり、恋しさに耐えかねたんだな。ある夜、妹神に会いにいこうと身動きしちまった。おかげで山が崩れ、川が氾濫《はんらん》して、麓《ふもと》にすんでいた村人がみな、死んでしまった」

「まあ……！　やっぱり不吉な伝説じゃないの」

と五百依姫が身ぶるいするのをうけ流して、真若王はさらに盃を重ねた。

「この話には、まだ続きがある。自分たちの恋のために民草《たみぐさ》を殺してしまった兄神は悲しみ、妹神も泣いて、二度と愛しあわないと誓った。ふたりの恋を禁じあった。ふたつの山々は、恋い慕《した》いながらもひとつになれなくて、いつか常世《とこよ》では夫婦になろうと約束しながら、自分たちを信奉する一族のために、悲恋に耐えている——というのが春日の神々の伝説だ」

「ああ……。哀しい、いいつたえね」

今の今まで、眉をひそめていた五百依姫が、にわかに固い表情をほどいて、うっとりとタメ息をついた。

「でも、いい伝説だわ。兄神と妹神は、村人のために恋に耐えてくださっているのね」

恋が身近な年ごろのせいか、頰《ほお》を赤くして、目をうるませている。

真若王は膝をうち、体をゆらして大笑いした。

「女は、すぐこれだ。悲恋とくると、タメ息をつく」

「だって、そうよ。いい伝説よ。とおい昔、山の麓にすむ里娘が、同母兄《いろえ》を愛して、悲恋に終わったのかしら。それで、そんな伝説が伝わったのかしら」

「そんなもんじゃないさ。大昔に、雨期で土がゆるんで、山崩れでもあったんだろう。それを、こういう伝説にしたてる佐保の一族の驕《おご》りが、プンプン鼻につくじゃないか。ゾッとするね」

「あら、なぜよ」

「ふたつの山の神々は、春日野にすむ佐保の一族のために、たがいの恋を禁じてくださった、一族のために悲恋に耐えてくださっている、それくらい神々に愛されているのが佐保の一族だ――となるわけさ。しかもごていねいに、神々が同母《イロ》の妹兄《いもせ》とくる。同族しか信じない一族にふさわしい伝説だよ。そうだ、それでいえば……」

ふと思いだしたという風情《ふぜい》で、しかし、真秀が全身を耳にして聞いているのをさらに玩《もてあそ》ぶように、真若王は掖月《わきづき》をひきよせて片肘をあずけ、続けた。

「もうひとつ、伝説を聞いたな。それは、やつらが信じる早穂《さほ》の神のものだ」

「早穂の神？」

「うむ。稲は春にうえ、夏にしげり、秋に刈りとり、冬には藁《わら》を焼くだろう。焼けた灰は土をうるおし、つぎの春には土地がいき返る──その一巡《ひとめぐ》りの自然をつかさどるのが、早穂の神々だ。早穂の神々は、毎年、あたらしく甦《よみがえ》る。それと同じように、佐保の一族も甦りをくり返すというのさ」

「ヨミガエリ……？」

御井津姫《みいつひめ》はふしぎそうに、身をのりだした。

息長《おきなが》族の信じる海神《わたつみ》や水神《みなかみ》は永遠であり、甦りの神性はない。それだけに、奇異なことを聞いたというように、御井津姫は首をすくめた。

「神さまも死ぬの？　そしてまた、甦るの？　へんねえ」

「そうさ。あの一族は火葬する仕来《しきた》りで、王族さえ墳墓《ふんぼ》を残さないが、それも甦りを信じてるからだとさ。火で魂《たましい》のあり處《か》を焼ききってしまえば、魂はつぎの形代《かたしろ》に宿るとか、なんとか、本気で考えてるらしい。一族の族人《うからびと》は、だれもかれも先祖の生まれかわりってわけだ。うす気味の悪い話だよ」

「生まれかわりを信じているなんて、確かに、わたくしたち水の民とは違うわね」

生と死、祖先《オヤ》にまつわる伝説と信仰は、神聖なものだ。

五百依姫は兄王のからかうような口ぶりを責めるように、ふっと、まじめな顔つきになり、領巾で口もとをかくした。

「わたくしたちは死んだら、魂は神船《カムフネ》にのって流されて、ほんとうの海にでるわ。そこで海のはての常世にゆくのよ。死のむこうにあるのは、常世の永遠のいのちよ。そこで幸福に暮らすの。魂だけが残って、生まれかわるなんて、なんだか怖いわ」

「そのとおりだ。しかし、やつらは、そうやって甦りを信じてるのさ。甦りのためには佐保の純潔《ますみ》の血が、なにより大事だ。他の血が混じれば、それだけ穢《けが》れるとでも思ってるらしい。ま、そんな妄信のおかげで、同族の婚《よば》いをくり返すから、血も濃くて、ありがたい巫女《みこ》がたくさん出るってわけだ。世の中、よくしたもんだよ」

真若王は人垣をこえて、うすい笑いをうかべた目で、真秀を鋭くみつめ、かすかに顎をしゃくった。

二度、三度、ゆっくりと瞬きしてから、おもむろに立ちあがった。

「少し酔ったようだ。みんなの輪を回りながら、酔いを醒《さ》ましてくるか」

独りごとのように呟《つぶや》く。

若首長《わかおびと》に従おうと腰をうかせる男たちに、

「おまえらはもっと喰ってろ。おれを守るふりをして、女のひとりも引っかけて杜《もり》に消えるつもりだろう。そうはさせるもんか」

豪快に笑いながら、ひとりで座をといて、広場のほうに下りてゆく。

夜闇《よるやみ》に真若王の気配がとけるやいなや、さっそく若い男のひとりが、酌《しやく》をしようとした奇麗《きれい》な従婢《まかたち》の手をつかんで、なにごとか囁《ささや》きかけた。

負けるかとばかり、恋人のもとにゆこうと、いそいそ立ちあがる男もいる。長老たちはしぶい顔で、髭《ひげ》をしごいている。

真秀はそんな様子を、ちらりと窺《うかが》いながら、

（真澄《ますみ》、ちょっとひとりでいてね。すぐ、戻るから）

真澄の腕に手をおき、優しくいいおいて、そうっとその場を離れた。

4　月が満ちるとき

広場には、あちこちで人の輪ができ、それぞれの近くで篝火《かがりび》が焚《た》かれていた。

その火《ほ》あかりを巧妙に避けるようにして、杜《もり》のほうに入ってゆく真若王《まわかおう》の背は、あとを追う者を誘うように、ゆっくりと動く。

真秀《まほ》は見失わないように、足音を忍ばせて、あとを追った。

とうに宴《うたげ》をぬけた恋人たちが、あちこちの木陰に座りこんで抱きあっていたりして、真若王はそれをも避けるように、杜の奥へ、奥へと入ってゆく。それにつれて、足どりも早くなっていた。

(だれかと約束でもしてるんだろうか。さっき、目配せのようなものをしたのは、ついてこいって合図じゃなかったのかな)

息をきらして後を追いながら、真秀は後悔しはじめていた。

さっき、彼が立ちあがるまえに、顎《あご》をしゃくったのを、なにかの合図——

（もっと佐保《さほ》の話が聞きたいなら、ついてこい）

という誘いの合図だと思ったのは、勝手な思いこみだったのだろうか。

いつのまにか杜の奥深くに入りこみ、杜を流れる川瀬の音が高まるにつれて不安が増し、少しずつ足が鈍ってゆく。

ふと、木の根に足をとられて転びそうになり、もたもたしていて、はっと顔をあげたときにはもう、真若王の背を見失っていた。

（だめだわ。合図だと思ったのは、気のせいだったんだ）

あきらめて、戻ろうと体のむきを変えたとき、ふいに闇のなかから真若王があらわれ、

「きゃっ！」

思わず声をあげてしまった。

いつのまに後ろに回りこんだのか、手を伸ばすと届くところに立っている真若王は腕を組み、大きな梓《あずさ》の木に寄りかかっていたのだ。

「なんだ、もう戻るのか。つれないじゃないか、ええ？」

「だって、あんたが早く歩くから、見失って……」

梓の樹皮から滲《みじ》みだす臭気《しゅうき》が、夜闇をぬって真秀の鼻をかすめた。

頭の芯まで染みこんでくるような臭《にお》いをふり払うように、真秀は小さく頭をふり、気持

ちをおちつかせようとした。

夜の杜には、木霊精霊《コダマスダマ》がとびかい、息づいている。精霊の恚《いか》りにふれぬよう、真秀は口のなかで、呪《まじな》いをとなえた。

夜露に湿ったシダの匂《にお》いも、あたりに立ちこめて、夜の杜はしっとりと潤んでいた。

「女に追いかけられるのは、いつでもいい気分だ。どうして、あとを尾行《つけ》てきた」

「あんたが合図したからよ。ついてこい、みたいに……」

「へーえ、そうかな。おれはなにもいってないぜ。おまえが勝手についてきたんだ。おまえ、急に色気づいたんじゃないのか」

そういわれて、真秀はカッと頰《ほお》を熱くした。そうか、こうやってからかうために、わざと呼びだしたのかと、悔しさがこみあげてくる。

にやにや笑っていた真若王は、ふいに真顔になって、ひょいと肩をすくめた。

「まあ、いい。腕をだせ、真秀」

若首長の驕《おご》りそのまま、抵抗するのを許さないような強い口ぶりに、真秀はわけがわからないまま、思わず、つられたように両腕をつきだしてしまった。

真若王は、ぷっと吹きだした。

「色気のかけらもないんだな。大人の女なら、腕といえば、わかりそうなもんだ」

肩をゆらして笑いながら、ぐいと真秀の右腕をとって引きよせ、ふり払うよりも早く、なにかを手首にはめた。

目のちかくに自分の腕をもってきて、月あかりの下でよく見ると、赤い玉をつらねた手纏《たまき》だった。

玉のひとつひとつが、ごく小さなシジミ貝の半分くらいで、ずっしりと重い。

「これ……？」

「南の島でとれる血赤《ちあか》のサンゴだ。これだけ大きな玉に磨《みが》くと、この手纏ひとつで、絹五《きぬご》匹《ひき》くらいの値打ちがある」

「うそ……！」

真秀は息がとまるほど驚いて、あらためて、玉に見入ってしまった。

絹五匹といえば、ひとつの里が、年に一度の調《みつぎ》として、ヤマトの大王《オオキミ》に納めるほどの価値ではないか。真秀はがたがたと足が震えてくるのを感じた。

ちょうど中天にのぼった月は、十四夜のつよい光を邑《むら》のすみずみにまで零《こぼ》し、その光は杜の木々に遮《さえぎ》られながらも、吸いよせられるように赤い玉に集まり、玉は妖《あや》しく、真っ赤に光っていた。

血の滴《したた》りを思わせるその赤は、つかのま、真秀の目裏《まなうら》に、御影《みかげ》の病《やまい》の血の色を、まざまざしく甦《よみがえ》らせた。真秀はふっと眩暈《めまい》をおぼえて、よろめいた。

これは不吉な玉だ。血を集めて凍らせたような、妖しい玉だ。

夜の杜をとびかう木霊精霊さえ、魅入《みい》ってしまうような、蠱惑《こわく》にみちた玉だ。

「こんなもの、あたしは……」

「こんなもの？　おいおい。これくらいの血赤サンゴの手纏は、大王の妃《きさき》だって持ってないぜ。サンゴは海の底で生きてる草にみえて、じつは虫の集まったものだ。これは生きてる玉さ。真珠《しらたま》とおなじだ。山でとれる死んだ石とは違う。海はいい。すべてのいのちは、海と水から生まれる。土が生みだすのは、せいぜい一年こっきりの稲くらいさ」

海の民の驕りをみせていう真若王に、

「こんなもの、いらないわ」

そっけなくいって、手纏をはずそうとした。あたしが欲しいのは、こんなものじゃない、佐保の話なんだ。

その手を捉えて、真若王は真秀をひきよせた。

「とっておけよ。腐るものじゃない。しかし、まったく色気のない子だな。そんなだから、御井津《みいつ》に先をこされちまうのさ。あの染衣《しめごろも》はどうした。丹波《たんば》で着ていたやつは」

「せ、洗濯して、小屋においてあるわ。あんなもの着てたら、水汲《みずく》みもできやしない。それより、あたしは……」

「ふん。あの染衣をきたおまえを、見たかったんだがな」

　真若王はつまらなそうにいいながらも、目は笑っており、そのくせ腕をつかむ力は少しも緩《ゆる》まない。

　顔が触れるほど近くにあり、真若王の吐く酒くさい息を避けようと、真秀は顔をねじった。

「まあ、いい。あんなものを着て、髪を結いあげて、ちょいと化粧でもした日には、邑じゅうの男どもを恋敵《こいがたき》にまわすことになる。その日がくるまで、こうやって、ボロ衣《ぎぬ》でも着て、その顔に泥でも塗ってるがいいさ」

「真若王、佐保の話よ。ねえ、あたしたちを佐保にかえしてくれるつもりなの？　その話なんじゃないの、あたしについてくるよう合図したのは」

「かえす？　なにをいってるんだ、おまえは。磨けば赤瑪瑙《あかめのう》にもなる新玉《あらたま》を、みすみす手放すバカがいるか」

　腕をつかむ手はそのままにして、真若王は体をのけぞらせて笑った。

　月あかりの下で、真若王の傲岸《ごうがん》な笑い声が冷たく響きわたった。その声に驚いたのか、木の梢《こずえ》のほうで、木菟《みみずく》かなにかの夜鳥が羽ばたいて、飛びさっていった。

「かえそうとしたところで、向こうさまがイヤがるだろうよ。和邇《わに》の長老たちから、御影にまつわる話をたくさん仕入れたんだ。いや、楽しかったね。日子坐《ひこいます》の父王《ちちおう》も酷《ひど》いことをしたもんだ。御影がちょいと、気の毒になったほどさ」

「御影が……気の毒……？」

真若王のせりふとも思えず、真秀は面食らって、まばたきした。

「そうさ。まあ、わが親父《おやじ》どのながら、あの父王の底しれない野心と悪智恵には、ときどきゾッとするね。なまじ、ああいう、野心とは無縁のしずかな顔だちだから、かえって始末に悪い。前《さき》の御真木《みまき》の大王《オオキミ》も、あの顔にだまされた。いまの伊久米《いくめ》の大王も、父のように慕《した》ってる。どうしてどうして、こわい男さ、彼は。味方にすれば心強いが、敵にすると骨まで砕かれる」

「敵に……」

「欲しいと決めたものは、どんなことをしても手にいれる。十年や二十年、待つくらいはなんでもないんだ。一番おそろしいのは、そういう男さ。そんな男に魅入られたのが、御影の身の不運だったな」

真秀は疑わしそうに、上目づかいに真若王をにらみつけた。

母・御影のためにも真秀は日子坐を憎んでいたが、けれど、そうかといって真若王のいう日子坐の悪口にも、素直にうなずけないものがある。

真若王の口ぶりは、日子坐を非難しているとみせて、その底に、まるで勇猛《ゆうもう》な将軍《いくさのきみ》にあこがれる男の子のような憧れが、こもっている。

それにまた、どうして誰もかれもが、日子坐を語るときに、大王をひきあいにだすのか。よほど日子坐は、大王にちかい力を持った男なのだろうか。

そして、そういう男が御影を愛したのは――真若王の口ぶりからして、ただの王族の気まぐれ、だけではないのだろうか。

「日子坐は、御影になにをしたの……？」

「なにをした？　真澄《ますみ》やおまえを生ませたじゃないか。それだけで充分な災禍《わざわい》だよ。おかげで、おまえらは生きてるかぎり、佐保の地を踏めないのさ。ま、あと数年もすれば、いずれ佐保も和邇のものになる。そのときなら、春日野《かすがの》に遊びにゆかせてやってもいいぜ。おれのいうことをよく聞いてたらな」

「佐保が和邇のものって……。それはどういうこと⁉」

キッとして思わず顔を向けたとたん、真若王の顔が間近にせまってきた。

あの水難の技のように、真若王が自分に口づけしようとしている！　と真秀は瞬間、感じとった。

とっさに顔をそむけたものの、真若王の熱っぽい唇が頰《ほお》をかすり、真秀はぞっと鳥肌だって、思わず真若王の顔をこぶしで打った。

「おっと……」

こぶしが目のあたりを掠《かす》ったらしく、腕をつかむ力がゆるみ、その隙《すき》に真秀はすばやく飛びすさり、

「なにするのよっ！」

真若王の唇がふれた頰を、ごしごしと手の甲でこすりながら叫んだ。

ねっとりと纏《まと》いつくような酒の匂《にお》いが、頰にしみついたようで、吐き気がする。

真若王は目のあたりを撫《な》でさすりながらも、まだ余裕ありげに、口もとに薄笑いをうかべていた。

「ふん。〝雛鳥《ひなどり》の囀《さえず》りは、親鳥を殺す〟というのは、ほんとだな。チビのくせに、一人前の女なみに、身持ちが固いじゃないか。おまえ、まさか佐保の伝説みたいに、とっくに同《い》母兄《ろえ》の真澄とデキてるんじゃないだろうな」

「できてるって……」

「体を流れる同じ血しか愛さないのが、佐保の驕《おご》りだ。そのために無用の敵をつくり、最後には滅びてしまうのさ。同じ血なんて、よせよせ。男は美しいだけじゃ使いものにならら

んぜ。どうせ抱かれるんなら、逞《たくま》しい腕のほうが、いい夢をみられる」

「あんたは、なにを……！」

といいかけるよりも早く、真若王の腕がふたたび闇から伸びてきて、真秀の両腕をがっしりと摑《つか》んだ。

助けをよぼうとする口を、あっというまに真若王の口が塞《ふさ》ぎ、叫ぼうとする息さえ、吸いとられてしまいそうだった。

濡れて湿った真若王の唇は存外に熱く、激しい嫌悪の思いとまじりあい、火を押しつけられているような恐怖と、息ができない苦しさに、吐き気がつのってくる。

唇に嚙みついてやろうと口をあけると、真若王はそれを待っていたように、すばやく片手で真秀の頰くぼを押さえてしまい、顎《あご》を動かせなくした。

そうして、半ば強引に開かされた口の中に、真若王の湿った、海鼠《なまこ》のようにぬるぬるした熱い舌が、容赦《ようしや》なく押しいってくる。

あらがおうにも、鋼《はがね》のような力づよい片腕で抱きすくめられ、まるで罠《わな》にかかった兎《うさぎ》のように、身うごきもできない。

息もできずに、このまま死んでしまう！

（死ぬ）

と思った瞬間、お腹の底に、痺《しび》れるような疼痛《とうつう》が走った。

同時に、吐き気が胸さきをつきあげてきて、激しく咳きこんでしまい、咳きこんだことで、ようやく真若王《まわかおう》の唇がはなれ、鋼のような呪縛《じゅばく》もとけた。

真秀《まほ》は体を折るようにして、ごほごほと咳きこんだ。

あまりの息苦しさに、涙がうかんでくる。

口の中に、まだ残る真若王の舌の感触もおぞましく、思うさま唾《つば》を吐きだし、おかげで口の中がカラカラになって、ますます涙がせぐりあげてくる。

「おいおい、おまえ、ほんとに初《うぶ》なんだな。口づけもしたことないのか。それじゃあ、真澄とはほんとに、なんにも……」

真秀のうぶな手応えを味わうように、いかにも楽しげに笑い声をあげた真若王は、ふっと声をとぎらせた。

ようやく咳《せき》がとまった真秀は、肩で呼吸をととのえ、真若王を殴《なぐ》りつけてやろうとキッと顔をあげて──そのまま、虚をつかれてしまった。

真若王は目を瞠《みひら》いて、真秀の足もとをじっと凝視している。

その顔には無防備なほどの単純な驚き──どこか、まのぬけた、おもはゆさを怺《こら》えているような、奇妙な表情が泛《うか》んでいるのだ。

なにを驚いているのだろう……――

（そう、いえば、なにか……）

腿《もも》の内側に、ぬるっとしたような感触がある。まるで小蛇《こへび》が這《は》っているような。

わけがわからないまま、真若王の視線にみちびかれるように、ふと目を落とした真秀は、つぎの瞬間、ハッと息をのんだ。

膝までの苧衣《むしぎぬ》の下から、すっきりと伸びた二本の足の内側に、ひとすじふたすじ、黒いものが流れている。

黒と思ったのは、しかし一瞬だった。

月あかりに馴《な》れた目が、しだいに、それが黒というよりは赤……そう、まるで御影《みかげ》の病《やまい》の血のような、黒みをおびた赤い血だと見分けたのだ。

そのときになってようやく、腰の下――

足が二本に枝分かれするところの、その奥に、にぶい痺れのようなものを感じた。痺れというよりは、なまあたたかな温《ぬる》みのようなものを。

真秀は、血が、自分の体のどこを源《みなもと》にして滴《したた》り落ちているのかを、閃《ひらめ》くように悟った。

悟った刹那《せつな》、

「血だわ。御影みたいに、ホトから血が……！」

恐怖にとりつかれた悲鳴が、喉《のど》からほとばしった。

足で踏みしめている土が、ぐらぐらと揺れるほどの脅《おび》えが全身をつらぬき、その場に崩れおちそうだった。歯の根があわないほど、がたがたと全身が震えてくる。

「あ、あ、あたしも御影の病に……血の病になったんだっ！」

「ばか。なにをいってる」

最初は笑いかけていた真若王も、真秀の声ににじむ、まぎれもない恐怖の色を感じとり、一歩、近づいた。

「おちつけよ。おまえは月が満ちたんだ。御井津《みいつ》とおなじだ。月の穢《けが》れの間、忌屋《イミヤ》にこもって、忌《イ》みがあけるのを待つ、一人前の女になったんだ」

落ちつかせようと真秀の肩に手をかけたものの、真秀は恐怖につかれたバカ力で、それをはねのけた。

思わず数歩あとずさり、気がつくと、身を翻《ひるがえ》して走りだしていた。

走りながらも、葦原《あしはら》のすみの小屋で、血の病で苦しんでいる御影の、痩《や》せた白い顔が、しきりと目交《まなかい》にうかんでくる。

御影はいまも、血を流しているのだろうか。今のあたしと、おなじように⁉

（ちがう、まだ病になったかどうか、わからないわ！　ちゃんと見るのよ。あたしが病になったら、誰が御影を看病するの。だれが真澄《ますみ》を守るの！　ちがう。神々は、そこまであたしたちに意地悪じゃない！　ちゃんと見るのよっ！）

頭をかけめぐる思いは、ただひとつだった。

病では死ねない。御影や、真澄のためにも！

確かめなくては。ほんとうに血の病なのかどうか！

その強い一念が、頭のどこかを冴えざえとさせ、月あかりのもっと強いところ、強いところへと本能的に、真秀を走らせた。

木々の枝をはらい、地をはう蔓草《つるくさ》を踏みしだきながら、真秀は川辺へと走っていた。

川の上には、月の光を遮《さえぎ》るものがない。月あかりで、確かめなければ！

やがて目のまえの藪群《やぶむれ》のむこうに、きらきらと、にぶく光る川面《かわも》がみえた。

真秀は両腕で顔をおおって藪につっこみ、そのまま川辺に転がりでて、ばしゃばしゃと浅瀬の川中《かわなか》にかけこんだ。

足首まで川につかり、苧衣を太股《ふともも》までまくりあげて、ぱっと下をみた真秀の目に、あざやかな月の雫《しずく》をあびて、うっすらと光る、一条の赤い糸が、はっきりと烙《や》きついた。

血は内腿《うちまた》をつたって膝まで滴りおち、足首のところで、闇に染まった川水にとけだしている。

右の手首にまいた手纏《たまき》の、血赤《ちあか》サンゴそっくりの、深みのある赤い血――寝藁《ねわら》に点々と染みついていた、御影の病《やまい》の血そのものの赤が、自分の腿《もも》を妖しく光りながら滴りおちてゆく！

（あああ！）

真秀はくらくらと眩暈《めまい》をおこした。

眩《くら》んでゆく目にうつる、ちかちかと燦《きら》めく川面。

闇の中、月の雫をあびて燦めき流れゆく川水すべてが、今、真っ赤な血の流れのように見える。

さわさわと、いのちの音をたてて流れてゆく血の川。黄泉《ヨミ》の底を流れるような、濃い赤に、赤をかさねた血の川。

目の底まで染まりそうな生臭《なまぐさ》い血の赤が、真秀の目も、頭も、すべてを真っ赤に染めあげてゆく。

杜《もり》の梢《こずえ》のうえをとびかう精霊《スダマ》さえ血を吐いたように、あたり一面があかあかと燃えあがるような幻影《まぼろし》が、真秀をつつんだ。

（どうしよう。あたしまで病になった！　真澄、真澄！　だれが真澄を守るの⁉）

「真澄、たすけてっ！」

真秀はその場にしゃがみこんで、両手で顔をおおって泣きむせんだ。心の底からの、魂《たましい》がちぎれるほどの叫びだった。

死んでしまう。もう御影も、真澄も守ってあげることができない。

なぜ、神々はこうまで冷たく当たられるのか。

佐保《さほ》の血が巫王《ふおう》の血脈《けつみやく》だというのなら、神々に愛されている血筋だというのなら、なぜ、あたしたち母子《おやこ》を、こうまで救いのない運命につきおとすのか。

「真澄！　真澄！　死んでしまう。あたし、体じゅうの血を流して、死んでしまうっっ！」

「おちつけ、真秀。月経《つきもの》の汚れを川に流すな。川の神に憎まれるぞ！」

後を追って川に入ってきた真若王《まわかおう》が、しゃがみこんでいる真秀を、引きずるように川岸にひっぱりあげた。真秀はわっと、その場に泣き伏した。

「死んでしまう！　死んでしまう！」

「しっかりしろ。母親があぁだから、なにも教えてもらえなかっただけだ。女はこうなんだ。おまえは一人前の女になっただけだ」

真若王は、狂ったように泣き叫ぶ真秀をたたせて、正気づかせるように頬《ほお》を打った。

「よく聞け。巫女《みこ》だって、月がみちるまでは半人前だ。月ごとに、身の穢《ケガ》れと忌《イ》みを血で流しだすから、女は神々に近くなる。これは神々と女の誓《うけ》いのあかしだ。聖《きよ》らかな穢れだ。御影の病とごっちゃにするな」

「いやっ。死んでしまう！　真澄、真澄、たすけてっ」

真若王が耳もとでいうどんなことも、真秀《まほ》の心に入ってこない。思うのはただ真澄だけだった。

真澄だけが救ってくれる。この恐怖、この血のぬめりのおぞましさから。

「ますみーっっ!!」

恐怖の悲鳴が頭の奥からつきぬけ、しだいに周囲の風景が遠のいてゆく。

(真澄、どうして来てくれないのっ!?　たすけて。体じゅうの血が絞《しぼ》りとられてしまう。死んでしまう！)

川音も、風にさやぐ梢の音も、鳥の鳴き声も、なにもかもが遠のいてゆくそこに、ふいに、天空からさす一条の光のように、真澄のしっかりした声が真秀を射ぬいた。

(真秀、おちついて。わかっていた。さっき真秀が杜に消えていったときから、ぜんぶ見えていたよ。真若王が赤い手纏をくれたのも透視《すかしみ》えた。そのとき、真秀が今夜、月をよぶのがわかった)

(月をよぶ……)

（そうだ。心配しなくていい。真秀は満ちた。ぼくの力を増すために。真秀、おちついて。ぼくのことだけ考えるといい。ぼくの力を展《ひら》くために、真秀はいま、血を流しているんだ。それはきれいな血だ。清らかな血だ。真秀は死なない。絶対に、死なない）

（いいえ、だって、だって、この血は、御影の……！）

（大丈夫だ、真秀は死なない。ぼくのことだけ考えるんだ。ぼくに心をあずけて、なにも考えちゃいけない。真秀はよみがえる。その聖《きよ》い、赤い月の贄《にえ》のあとに、ぼくを守るために甦《よみがえ》る。真秀は死なない）

（甦る……。佐保の古い伝説のように……？）

（そうだ。真秀は死なない。決して！）

真澄の声がいくえにも響《とよめ》きわたり、あたりを細波《さざなみ》のように埋《う》めてゆく。

死なない――

死なないという呪言《じゆもん》のような響きを耳奥に感じながら、真秀はそのまま、真若王の腕の中にゆっくりと倒れこんでいった。

――つづく――

あとがき

この作品は、隔月刊の小説誌『Ｃｏｂａｌｔ』の、１９９1年10月号と12月号に掲載されたものです。現在も連載中です。

本誌で読んでくださっている皆さん、どうもありがとうございます。この文庫本で初めて読んでくださる方は、ますます、ありがとうございます。

これ、アオリは〈古代転生ファンタジー〉ってことになっていて、ようするに、そういう話なんですけど。

『なんて素敵にジャパネスク』を待っていてくださった読者のみなさまには、ほんとーに申しわけない。なんかもう、前に出したのから1年もたっているのねー。

いただくお手紙、いただくお手紙、ほとんどすべて、

「氷室《ひむろ》さんは、本を出すのが遅いっ！　はっきりいって、浮気もしたくなります」

とかいうのばっかしで、なんかファンレターもらってんだか脅迫《きょうはく》されてんだか、ほんと

うに申しわけなく思っとります。反省しとります。しかし、ちょっと待って。私の弁解もきいてほしいです。

いやー、なんか嬉しくって、なにから書いたらいいのかわからないけど、そもそも、なぜにこういう話を書くことになったか。

話せば長くなりますが、今をさること7、8年前、私は『ヤマトタケル』という古代ファンタジーを書いたのです。

しかし時期が早すぎたというのか、私の才能がなかったというべきか、なんか、あんましウケなくってさ。

いえ、もちろん読んでくださった方も多いし、朗読をテープに入れて送ってくださったりとか、一部には、イヨーに評判よかったんだけど。やっぱり当時は、古代という舞台設定も特殊だったし、私もヘタだったし。

で、平安時代が大好きなように、古代も大好きで、いつか書きたいと思いつつ、(やっぱり漢字も多いし、ダメかなあ。もっと勉強して、ストーリーづくりから考えな、あかんなあ)

なんて思いながら、今すぐは無理だから、本や資料を集めて、奈良《なら》や琵琶湖《びわこ》に取材にいって、の一んびり構想を練《ね》ってたのです。

で、ああでもなし、こうでもなしとキャラ設定やら、ストーリーやらをワープロに打ち込むこと、じつに6年。

2年くらい前から集中的に、資料読みに入って、いろいろアイディア練ってたんですが、今ひとつ、まとまらない。

それが去年のはじめ、カーンと抜けたのでした。真秀《まほ》と真澄《ますみ》の兄妹キャラが出てきたとたん、いっきに抜けた。ドトウのように、ストーリーが溢《あふ》れてきたというか、まとまったというか、そのときの幸せは、もう、とても口ではいい表せない。

キャラはわっさわっさ出てくるし、シーンはばちばち浮かんで、夢にまで出てくるし。で、去年の中頃には、なんとかストーリーもまとまったので、連載に入ったと。まあ、こういうわけなんです。

『ジャパネスク』を待っていてくださった皆々さまには、まことに申しわけないながら、なにとぞ、この銀金（と、私と担当者の間ではいっている）にもお付き合いください。

この物語はファンタジーではありますが、日本の古代を舞台にしています。時代的には4世紀。西暦350年あたりをイメージしています。でも、どこまでもイメージしてるだけですから、あんまり深く追求されると、いろいろボロが出てくるんですけど。

舞台の〝淡海《おうみ》〟ってのは、淡海＝近江＝琵琶湖のある滋賀《しが》県。オオキミのいるとこは奈良県と。そんな感じですが、あんまり気にしないでくださいませ。

真秀ちゃんを14歳に設定したのは、いろいろふかーい事情があるんだけど、でも書いてる間じゅう楽しくて、私はこの年頃の女の子が好きなんだなあと、シミジミ思いました。なんだか一番、自分らしさが出るような気がします。かわいいし、一本気だし。

私、やっぱり威勢のいい女の子が、好きみたい。私ごのみの女の子だから、この先、ばんばん、いい男だして、からむぞー。からむって、なんか、ちょっと……だけど。

そういや、さっきまで、今年いただいた年賀状を読んでたんですけど、その中に、本誌で銀金を読んでてくださってる読者から、

「真若王《まわかおう》はプリティーで好みですけど、いくらなんでも舌まで入れちゃうなんて、真秀がかわいそう。あれは、ちょっとヒドい」

というのがありました。それが小6って書いてあって、いやー、小6の女の子が、こんな見た目がムツカシそうなもん読んでくれてるのかあと感激したけど、やっぱり、小6には刺激的なシーンが続きますねー。

いいのかなー、こんなん書いてて……とちらっと反省するんですが、だけど書きたいん

だもーん。この先も、ばりばり書くぞォ。

舌くらいで驚いてるようじゃ、あなた、この先、ひっくり返りますよ。

それはそうと、この本の中にでてくる用語のなかには、けっこう、ワケわかんないものもあると思うんですけど。

たとえば〈掖月《わきづき》〉なんて、なんだと思うでしょうが、それは『なんて素敵にジャパネスク』に出てくる脇息《きょうそく》——肘をもたせかける肘掛け、あれのことです。

領巾《ひれ》は、古代のショール。裳《も》は、ロングスカートみたいなやつ。

最初は、そういう用語のひとつひとつを、ページのわきに注釈つけようかとも考えたのですが、読んでてうっとうしいだろうし。

もし、ご希望があれば、そのうち〈銀金の用語解説〉なんてのも、どっかでやりますから、ワケわかんないのは無視して、読んでってくださると嬉しいです。

あのー、今から宣言しちゃいますけど、この銀金、大河ドラマです。

最初は、全10冊くらいかなーと思ってたんですが、なんせ1冊分と踏んでた〈真秀の章〉が、どうも4冊になっちまうのです。こうなると、最低でも全20冊はいきます。

先日、友人の漫画家・藤田和子《ふじたかずこ》嬢と電話でしゃべっていて、

「いよいよ、氷室さんも古代もの書きはじめたのね。完結したら読むわ。途中でおあずけ食らうと、イライラするからさ」

というので、

「どうも三年やそこら、かかるよー」

といったら絶句してました。気持ちはよーくわかります。

でもでも、銀金を気にいってくださった方は、どうか完結するまで、お付き合いください。そのかわりといっちゃあナンですが、年2冊、これは確実。作者としては3冊をめざします。とりあえず2巻目は、たぶん、6月ころには出せるんじゃないかと。なんせ、もう書きあげてるもーん。

最後に、イラストを描いてくださってる飯田晴子《いいだはるこ》さんですが、イメージにあうイラストを捜して、私も担当さんも本屋さんを駆けめぐり、いろんな本を捜してきて、ようやく、

「この人しか、いない！」

という飯田さんと巡りあうことができました。『Ｃｏｂａｌｔ』本誌の大きな紙面で、彼女が描いてくださるイラストを見るのが楽しみで、連載もぜーんぜん苦にならない。もしよかったら、本屋さんで本誌のイラストだけでも覗《のぞ》いてください。

ではでは。いつもいつも読んでくださって、ありがとうございます。好きなものを書いて、それを読んでもらえて、ほんとうに幸せ者の氷室でした。

氷室冴子

（このあとがきは、1992年3月刊コバルト文庫に掲載されたものになります）

解説

嵯《さ》峨《が》景《けい》子《こ》

氷室冴子《ひむろさえこ》の伝説の名作『銀の海　金の大地』がオレンジ文庫で復刊する——。２０２４年９月、衝撃のニュースが発表されてＳＮＳは沸き立った。90年代にコバルト文庫で人気を博しながら、これまで復刊も電子化もされずに入手困難だった幻のシリーズが、初版でも装画を担当した飯田晴子《いいだはるこ》による描き下ろしイラストでよみがえる。これ以上はない理想的な復刊の告知は、大反響を巻き起こした。

　本作で初めて氷室冴子の世界にふれる人のために、簡単に作家の経歴を紹介しておきたい。北海道岩見沢《いわみざわ》市出身の氷室冴子（１９５７—２００８）は、藤《ふじ》女子大学在学中の１９７７年に「さようならアルルカン」で第10回小説ジュニア青春小説新人賞佳作を受賞し、作家デビューする。１９８０年代から90年代にかけて、集英社の少女小説レーベルのコバルト文庫の看板作家として活躍し、『なんて素敵にジャパネスク』や『クララ白書』、『雑居時代』や『なぎさボーイ』など、数々のヒット作を世に送り出した。コバルト文庫以外でも、スタジオジブリでアニメ化された『海がきこえる』や、『いっぱしの女』『冴子の母娘草』などのエッセイ、『ライジング！』に代表される少女漫画原作など、多彩な仕事を手掛けている。

今もなお多くの人に愛され続け、後続の作家たちにも計り知れない影響を与えている氷室冴子。だがその功績は長らく過小評価され、一時期は書店で書籍を入手するのも難しい状態が続いていた。しかしながら近年は風向きが変わり、エンターテインメントの最前線で闘い続けた作家として再び注目を集め、再評価と作品の復刊が進みつつある。これまでは限られた読者の中で伝説的に語られてきた『銀金』も、オレンジ文庫から復刊されることで広く読まれ、氷室のさらなる再評価を後押しするだろう。満を持しての画期的な復刊を心から喜びたい。

古代転生ファンタジーと銘打《めいう》たれた『銀の海　金の大地』は、『古事記《こじき》』を下敷きにした氷室冴子最後の長編小説である。本作は雑誌『Cobalt』に1991年から95年まで連載後、コバルト文庫で1992年から1996年にかけて全11冊が刊行された。物語は4世紀半ばから聖徳太子《しょうとくたいし》の父・用明天皇《ようめいてんのう》の時代までの約250年を描く6部構成として構想され、既刊の「真秀《まほ》の章」は物語の序章にあたる。「真秀の章」の完結後は、続く「佐保彦《さほひこ》の章」の予告がなされていたものの、その後連載が再開されることはなくシリーズは未完に終わった。

物語のモチーフとなった『古事記』は712年にまとめられた日本最古の歴史書で、その8年後に『日本書紀《にほんしょき》』が完成する。近い時期に成立した歴史書だが、内容にはさまざまな相違があり、氷室冴子がより好んだのが『古事記』の方だった。

『古事記』の中でも氷室がとりわけ関心を寄せたのが、中巻の垂仁天皇《すいにんてんのう》の段に出てくる「沙本毘古《さほびこ》の叛乱《はんらん》」というエピソードである。『古事記』への傾倒は早い段階から小説にも反映され、1980年刊行の『クララ白書』では文化祭で上演する劇中劇のテーマが「佐保彦の叛乱」となっている。

その後氷室は1986年に『ヤマトタケル』という歴史ファンタジーを上梓《じょうし》する。『古事記』のヤマトタケルをアレンジした物語は、古いやまとことばと妖艶《ようえん》な森田《もりた》じみいのイラストが融合した、耽美《たんび》な異色作だった。作中にはのちの『銀金』にも登場する日子坐《ひこいます》や大闇見戸亮《おおくらみとめ》、氷葉州姫《ひばすひめ》（『ヤマトタケル』では氷羽州姫）といった面々も顔を出す。

『ヤマトタケル』の文体は流麗《りゅうれい》で美しいが、読者にとっては難解でややハードルが高く、氷室が期待したほどは作品の受けは良くなかった。この反省をふまえ、氷室は古代を舞台にしたよりエンターテインメント性の高い小説を構想するようになる。胸の中であたためられていた古代長編小説のアイディアが実際に始動するのは、90年代に入ってからであった。

『銀の海　金の大地』の舞台は4世紀半ば。大和《やまと》地方の大王《オオキミ》を中心に、各地の有力豪族が連合してヤマト王権が作られた時代に生きる少女真秀を主人公にした物語である。

真秀は息長《おきなが》一族が治める淡海《おうみ》の国の邑《むら》で暮らす14歳。兄の真澄《ますみ》と母の御影《みかげ》の家族三人で身を寄せ合い、貧しい生活をおくっていた。真澄は〝神々の愛児《まな》〟で、目も耳も口も使えないものの、不思議な霊力《ちから》によって真秀とだけは心の声で会話ができる。母の御影もまた神々の愛児であり、5歳の子ども程度の言葉しか話せない上に、数年前から業病《ごうびょう》に冒され寝たきりの状態になっていた。

真秀たちの父親は大和の大豪族である和邇《わに》の首長《おびと》・日子坐だが、気まぐれで御影に手をつけた挙げ句に捨ててしまった。日子坐の息子の一人、美知主《みちのうし》が母子の不幸な境遇を憐《あわ》み、息長の邑へ預けられることになる。邑に住むことを許されているとはいえ、息長族にとって母子はよそ者である。真秀は周囲に頼る者のいない孤独感と、大切な家族を守れるのは自分だけという心細さと戦いながら、必死に生きていた。

ある日、真秀は御影が大和に古くから住む一族・佐保《さほ》の出身であることを知る。佐保は特異な霊力を持つ一族であり、真澄の不思議な力はまぎれもなく佐保の血筋の証《あかし》だった。佐保ならば自分たちを仲間と認め、受け入れてくれるのではないか。そんな真秀の期待は、残酷《ざんこく》なまでに打ち砕かれた。同族の者しか愛さない閉鎖的な佐保は、和邇の日子坐と通じ、子を産んだ御影を一族から追放していたのである。佐保からも憎まれていると知り絶望した真秀を、次々と試練が襲う。やがて真秀は初月立《ういつきたち》を迎え、強大な霊力が目覚めていくのだった。

ここまでが1巻のあらすじだが、続く2巻では佐保の王子・佐保彦《さほひこ》が登場し、真秀と運命の出会いを果たす。大和の大王の使いとして息長を訪れた佐保彦は、若き日の真澄の姿そっくりで、妹の佐保姫と瓜二つ《うりふた》の真秀が御影の子だと知り憎しみをあらわにした。佐保彦たちの母親は、御影の双子の妹の大闇見戸亮《おおくらみとめ》。姉妹が誕生した時に神託があり、霊力がある姫が産む子は佐保を永遠に生かし、霊力がない姫が産む子は佐保を滅ぼすと予言されていたのである。霊力を持たない御影が産んだ子どもは〝滅びの子〟であり、佐保彦は真秀たち母子を殺せと供の者に命じるが……。

次々と真秀に襲いかかる過酷な試練と、憎しみから始まる佐保彦との宿命の恋。物語は真秀の激動の人生を主軸に据えながら、大和の統一を夢見る豪族たちの思惑、政治の道具として翻弄《ほんろう》される女たちの悲哀、新興勢力の和邇に脅《おびや》かされる佐保一族の姿など、4世紀に生きる人々の姿を重層的に描く。真秀や佐保彦ら若者たちの話だけでなく、大人世代の濃密なドラマも綴《つづ》られているのが『銀金』の大きな特徴だ。

作中には、少女小説の表現の限界を突き破るような血なまぐさいバイオレンス描写やラブシーン、ハードな展開も登場するが、熱を帯びた筆致で綴られるその苛烈《かれつ》な物語はまさしく圧巻の一言。古代史を下敷きにした骨太な歴史描写だけでなく、佐保の霊力にまつわる和風ファンタジー要素もあり、そのジャンルを好む読者層にも響くだろう。氷室冴子が手加減なしで挑んだ、超弩級《ちょうどきゅう》のエンターテインメント小説。今こそ多くの人に届いてほしい、禍々《まがまが》しくも魅惑的な物語である。

『銀金』では住居や食べ物、衣服などの生活まわりのディテールも細やかに描き込まれており、古代世界の人々の暮らしぶりがリアリティを持って浮かび上がってくる。個人的に印象深かった場面をいくつか紹介したい。

まず、1巻には真秀が美しく着飾って宴《うたげ》に出る場面が登場する。玉石《たまいし》を敷き詰めた貴人《あてびと》用の風呂で湯浴みをし、さね葛《かずら》の汁と椿油《つばきあぶら》で髪を梳《す》きあげて花を飾るなど、真秀が初めて体験する古代のおめかしシーンに心がときめいた。また2巻で描かれた、月経中の女性たちが籠《こ》もる〝月の忌屋《イミヤ》〟の描写も忘れがたい。いつの時代でも女性の身体と切り離せない生理という現象に、ここまで踏み込んだ歴史小説は他にはないだろう。4巻では、佐保彦が鉄づくりのタタラ屋を見学し、技術の高さと息長族の豊かさに圧倒される場面が描かれる。この体験をきっかけに、佐保彦は感情的で子どもじみた自身の幼さに気づき大人への一歩を踏み出すのだが、真に迫った鉄づくりの緻密《ちみつ》な描写が、彼の心に起きた変化に強い説得力を与えている。『銀金』の隠れた名場面の一つだ。

氷室冴子という小説家が一生涯を通して描き続けたのは、自分の感情を思うままに溢《あふ》れさせ、好き嫌いをはっきりと示し、強い意志を持って主体的に生きる少女の姿である。氷室作品のヒロインたちは読者の心の友となり、ときには背中を押して励《はげ》まし、生き方の選《せん》択肢《たくし》を示す存在として側に寄り添ってきた。

『銀金』主人公の真秀は、そんな氷室ヒロインの究極の姿と言えるだろう。真秀はその体一つを武器に、愛する人や守りたい人のため、手足を傷だらけにして血を流しながら戦う。誰の前にも跪《ひざまず》かない誇り高い姿や、何があっても生き延びようとする強くたくましい心は、まばゆいほどの光を放つ。

また、氷室が『銀金』という物語に織り込んだのは、〝ひとりひとりが自分の王であれ〟というメッセージである。1巻には、異国から大和に渡った鍛冶《かぬち》の工人《たくみ》を見て、「あの人たちは、ひとりひとりが自分の王よ。誰かの奴婢《ぬひ》じゃないわ」とその生き様に憧れる真秀の姿が描かれる。物語の序盤で種をまかれたこのテーマが花開くのは、6巻の「わたしという名の王国」。豪族の首長らと取引し、暗殺などを請け負う一族の波美王《はみおう》は、真秀に次のように述べる。

「おまえは美知主のものでもない。佐保彦のものでもない。御影や真澄のものでもない。おまえは、おまえのものだ。おまえは真秀という名の王国の、ただひとりの王だ。王なら、その領土をいのちがけで守れ。けっして、人にあけ渡すな。だれの支配も許すな。王にふさわしいことをしろ」

己の存在を他者に預けるな、自らの人生の手綱《たづな》を自分自身でしっかり握れという重い助言は、ただ作中の真秀にのみ伝えられたものではない。波美王の言葉を通じて、氷室がすべての少女たちに贈った激励《げきれい》のメッセージである。それはまた、学校や家族や社会とうまく折り合いをつけられずに悩む、10代の私を支えてくれた言葉でもあった。人よりも遠回りをし、さまざまな挫折《ざせつ》を重ねながらも自分の芯を手放さずに生きてこられたのは、物語を通じて私の心に根を生やした、このメッセージのおかげだろう。

１９７９年生まれの私は『銀金』のリアルタイム読者で、この作品をきっかけにコバルト文庫の世界に足を踏み入れた。シリーズに夢中になった私は、文庫で追うだけでは飽《あ》き足らず、連載をいち早く読むために雑誌『Cobalt』も購読するようになる。そして、中高生時代にどっぷりと浸かった少女小説の世界は、数十年の時を経た今、書評家という私の仕事と深く関わるものとなっている。その始まりであり、魂を燃やすような読書体験を与えてくれた『銀の海　金の大地』。今回の復刊に幾ばくかでも貢献し、解説執筆の任にあずかれたことは、望外《ぼうがい》の幸せである。

（さが・けいこ　書評家）

★この作品は1992年3月に小社から発行されたものを再度文庫化したものです。

★この作品中には、今日の人権感覚に照らした場合、差別的ととられかねない箇所がありますが、作者が差別の助長を意図したのではないことと、執筆当時の時代背景を考慮し、また故人となられた著者のオリジナリティーを尊重して、底本のまま収録しています。

※この作品はフィクションです。実在の人物・団体・事件などにはいっさい関係ありません。

集英社オレンジ文庫をお買い上げいただき、ありがとうございます。
ご意見・ご感想をお待ちしております。

● あて先
〒101-8050　東京都千代田区一ツ橋2-5-10
集英社オレンジ文庫編集部 気付
氷室冴子先生

集英社
オレンジ文庫

銀の海　金の大地　1

2025年1月25日　第1刷発行
2025年3月24日　第3刷発行

著　者　氷室冴子
発行者　今井孝昭
発行所　株式会社集英社
〒101-8050東京都千代田区一ツ橋2-5-10
電話【編集部】03-3230-6352
【読者係】03-3230-6080
【販売部】03-3230-6393（書店専用）
印刷所　大日本印刷株式会社

ISBN 978-4-08-680600-8 C0193

さようなら
アルルカン／
白い少女
たち
氷室冴子初期作品集
氷室冴子
集英社